# 影　天下御免の信十郎3

幡　大介

時代小説

二見時代小説文庫

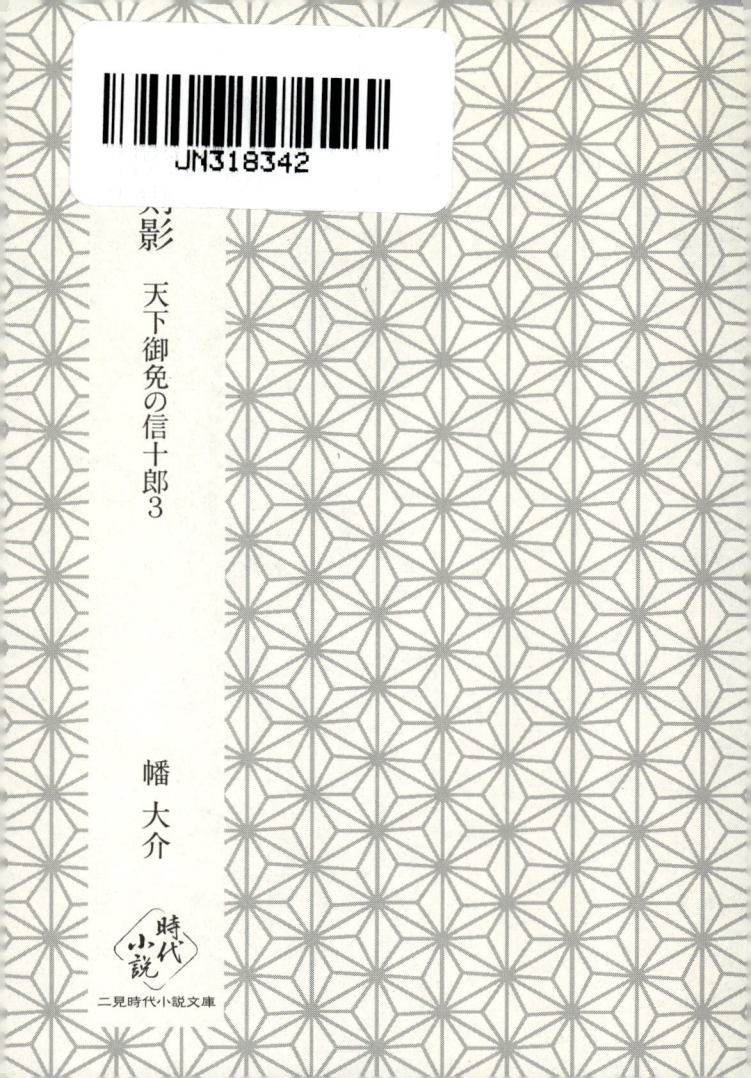

刀光剣影――天下御免の信十郎3

目次

# 第一章　波濤 玄界灘

## 一

元和八年（一六二二）七月──。

鈍色《にび》の暗雲が空を覆っている。雲の流れは早い。

生温《なまぬる》く、湿った風が吹きつけてくる。帆桁《ほげた》に張られた一枚帆がバタバタと激しくはためいた。

空の暗さを映し、どす黒く染まった荒海がうねっている。三角に尖った波の頭《かしら》で白い飛沫が弾《はじ》けていた。

竹中釆女正重義《たけなかうねめのかみしげよし》は甲板に立ち、迫《せ》り出した垣立《かきだつ》に片手をかけると水平線を遠望した。

豊後国府内《ぶんごのくにふない》藩二万石の藩主。府内城（通称・大分城）を築いた男である。生年は不詳だが、この頃は四十代であったはずだ。

鎧直垂《よろいひたたれ》を着て、両腕を指貫籠手《しかんこて》に通し、その上から陣羽織を着けている。頭には侍烏帽子《えぼし》を被り、手には――船内では必要ないのに――黒漆塗りの馬上鞭を携えていた。

竹中家は美濃の地侍であった。

優れた武士を輩出した一族であったが、中でも竹中半兵衛重門《たけなかはんべえしげかど》が白眉である。秀吉の軍師として活躍し、中国経略を支えた。その神算鬼謀は伝説化して語り継がれている。

重義は半兵衛の甥にあたる。名軍師とはいかないまでも有能な官僚ではあった。政治能力を徳川幕府に高く買われ、外様《とざま》の小大名ながら、二代将軍秀忠《ひでただ》の側近に登用されていた。

風がますます激しくなった。暗雲が渦を巻いている。彼方から聞こえてきた轟きは、波の音ではなく、雷鳴のようであった。

「まさか、嵐になる、などということはあるまいな」

重義は不安げに呟いた。

舵柄を取って操船していた親父（水夫《かこ》頭）が船乗り特有の錆びた大声で答えた。

「その『まさか』たい。嵐になるごた間違いありまっしぇん」

重義の耳には陽気に聞こえる方言だったが、振り返って目を合わせると親父の表情は真剣そのもの。赤銅色《しゃくどう》に日焼けした顔が、このときばかりは蒼白に変じている。

パラッと雨粒が重義の頬に降りかかってきた。

見上げればますます叢雲《むらくも》が濃くなっている。日が沈もうとしているのか、空と海が黒々と沈んできた。

帆を固定するための手縄がビュウビュウと唸っている。風が激しさを増してきた。

「嵐になるのか」

重義は憂鬱そうに横鬢《びん》を掻いた。

「ただでさえ面倒なお役目だというのに、重ね重ねの災難だな」

ぼやくと、親父にぼやきかえされた。

「湊《みなと》を出る前に口を酸っぱくして言ぅたばい。殿様が、わしら船乗りの言葉に耳を貸さないから、こげなことになるったい」

船の男だけあって遠慮がない。船乗りは全員一つの船に乗っていて、死なばもろともなので、原始社会的な平等思想を持っている。

たしかに出港前、水夫たちは嵐の予感におののいて、出帆を取りやめるように懇願してきた。それを脅したりすかしたり、金で釣ったりして、無理やり出港させたのは重義であった。

「仕方がないのだ。何も知らぬくせに、やくたいもなく申すな！」

叱りつけると、親父は真っ向から口答えしてきた。

「何も知らんのは殿様のほうですたい！　この嵐を乗り切れるかどうかわからんもん！　外海に押し出されたら、陸に戻って来れんごつある」

親父がムキになっているのは、嵐の恐怖に怯《おび》えているからでもあろう。

重義もカッとなって怒鳴りかえした。

「馬鹿者！　あのまま湊で日和《ひより》待ちをしておったところで、我ら全員、生きて湊を出られたかどうかわからんのだぞ！」

湊でグズグズしていたら刺客の群れに追いつかれる。そう判断したからこそ、無理に出港させたのだ。海に出てしまえば安全だ、という計算があった。

だが。

重義の言葉を受けて、親父の表情がサッと変わった。殿様と親父の口論に耳をそばだてていた水夫たちも一斉に目を向けてきた。

「殿様、何を言うちょりますか。オイたちは、殺されるところじゃったと仰せられますか」

重義はハッとした。親父が詰め寄ってきた。

「やはり、あの、船艙のお客人たちは……」

「ええい！　申すな！」

重義は手にした鞭をビュウッと振り下ろした。

「そなたらは何も知らずともよい！」

「何も知らずに殺されてはたまらんばい！」

そうだそうだと船乗りたちも同意する。

「その詮索が命取りだと申すのだ！」

重義は水面に目を向けた。ますます激しく、波が荒ぶっている。

その場を取り繕おうという魂胆もあって、重義は鞭で海面を差しながら親父を怒鳴りつけた。

「嵐が来るのであれば、嵐を乗り切るよう、なんとかいたせ！　死にたくないと申すのなら、そっちのほうが緊要であろうが！」

親父はしばらく重義を斜めに睨んでいたが、チッと舌打ちして持ち場に戻った。

「陸《おか》の者《もん》に言われんでも、わかっとったい」

舵柄を握りつつ空を見上げる。風は凄まじく吹きすさいでいた。

「帆柱が折れるばい。――帆桁をおろーせー!」

水夫たちに命令する。水縄《みなわ》が緩められ、手縄が引かれて白帆がスルスルと下ろされた。水夫たちが取りついて帆を畳みはじめる。その直後、ザアッと雨が降り注いできた。

「なんとかなりそうか」

怒鳴りつけはしたものの、船の上では親父が頼りだ。重義は精一杯の威厳を取り繕いつつも、親父の機嫌をおもねる声音《こわね》で語りかけた。

親父はぶすっとしたまま答えた。

「もっと海が荒れたら、海中に碇《いかり》を下ろしますたい。それでもだめなら神頼みたい」

親父と重義はしばらく無言で睨み合った。大粒の雨が二人に降り注いできた。重義の陣羽織と親父の半纏《はんてん》で雨粒が弾ける。

太陽は水平線に沈んだようだ。空が真っ黒に変じている。遠くで稲光が走り、雷鳴が海面を伝わってきた。

「お前たちの働き次第に、徳川の世の安寧がかかっておる。そのつもりで働け」

親父は訝《いぶか》しげに重義を見た。

「それは……、どげんな……」

「言えぬ。だが、そのつもりで働け」

そう言い残すとドスドスと甲板を踏んで船艙に下りた。

船の周囲には護衛の船団が随伴している。舳先に燈された松明《たいまつ》が豪雨の中に霞んで見えた。大波に煽られて波間に見え隠れしていた。

それらは皆、府内藩が借り上げた軍船であった。

二

水夫頭が予想したとおりに、海は大荒れになった。

随伴の軍船の姿は消えている。荒波に巻かれて離ればなれになったのか、それとも沈没したのか、それすらもわからない。

暗黒の闇の中を重義の御座船は漂いつづけた。

さしもの海の男たちも顔色がない。舵柄や綱を握ってこそいるが、操船をしているのか、しがみついているだけなのか、判別ができない状況だ。

波は船縁より高く盛り上がった。四方八方から大波が打ち寄せてきて、甲板に海水を被せていく。当時の和船の甲板にはハッチすらない。海水はどんどん船底に溜まる。水夫だけではなく、竹中家の侍までもが褌《ふんどし》姿で、溜まった水を掻き出さなければならなかった。

さらに言えば和船には龍骨がなかった。船体は板を接《つ》ぎ合わせただけの〝木の箱〟なのだ。耐波性能は大きく劣る。外洋航行など不可能なほどに脆弱《ぜいじゃく》な構造だ。船体は大波の圧力を堪えかねて、不気味にきしみつづけている。このまま嵐がつづけば、いずれ木っ端微塵にくだけてしまうに違いなかった。

水夫たちが、航海の神、金比羅山の真言《しんごん》を唱えている。金比羅山だけではなく、厳《いつく》島《しま》神社、出雲大社など、船乗りの守護神ならなんでもかまわず祈りを捧げつづけていた。

と、そのとき。

荒海の彼方から太鼓の音が聞こえてきた。ドーン、ドーン、ドーン、と一定の間隔をおいて叩かれていた。

「な、なんであろう……」

不気味である。水夫たちは顔を上げ、水平線に目を凝らした。

そのとき、荒波の彼方に突然、ボオッと火が点《とも》った。それも次々と、いくつもの炎が燃え上がる。

ドン、ドン、ドン、と、太鼓の鼓動が早くなる。炎が次第に近づいてきた。

「何事だ！」

異変に気づいた重義が船艙を駆け上がってきた。甲板に出た途端に横波をくらってずぶ濡れになる。近くに張ってあった綱を握って、船縁から落下するのだけはこらえた。

斜めに傾《かし》いだ甲板の上を泳ぐようにして舳先に向かう。帆と滑車を繋ぐ車立《しゃだつ》にしがみつきながら、夜の海に目を向けた。

「あれは！」

三角波をものともせず、数隻の軍船がやってくる。両舷に櫂《かい》が並べられているのが見えた。

親父が目を丸くして叫んだ。

「関船《せきぶね》じゃあ！」

関船とは、源平合戦の昔から戦国時代にかけて、水軍の主力として活躍してきた軍船だ。矢倉《やぐら》が大きく立てられていて、さながら海の砦である。

重義と親父は呆然として関船を見やった。

太鼓の音に合わせて何十本もの櫂が水面を切る。人力を推進力にして進んでくる。

「エイ、ホ、エイ、ホ」と水夫たちの掛け声まで聞こえてきた。

「なぜ、ここに関船が……」

戦国の世であればこそ八面六臂の活躍をみせた水軍だが、元和偃武《げんなえんぶ》の今日では、ほとんど解体させられている。

慶長十四年（一六〇九）、徳川家康は五百石積み以上の大船の所有を禁じる法令を出した。日本の造船技術は西洋帆船の模造も可能なまでに進歩していたのだが、これにより発展の芽を摘まれることとなった。

家康の魔の手は、水軍を構成する〝海ノ民〟そのものにも向けられた。

毛利家の覇業を支えた村上水軍は解体させられた。

織田・豊臣政権下では〝日本海軍〟として活躍した九鬼《くき》水軍は、こともあろうに、内陸地に転封させられた。完全に海との関わりを絶たれてしまう。

家康は、彼ら、海ノ民の力を利用しようとすらしなかった。

徳川に仕えた伊勢水軍の向井《むかい》家だけが、御船手奉行（海上警察）としてどうにか生き長らえているのみだ。

水軍もまた、武家政権にまつろわぬ『道々外生人《みちみちげしようにん》』である。

彼らは平安の昔より海の流通を担ってきた。海の商人であり、ときには海賊でもあった。陸地の権力にはけっして従わぬ独立独歩の集団だ。

海の彼方から現われて、海の彼方に消えていく。武家政権の討伐を受ければ外国にまで逃げていく。

土地に縛られた農業を基盤とする武士から見れば、なんとも不気味で扱いがたい技能集団、武装集団なのである。

おのれの覇道に利用するため、道々外生人を徳川内部に取り入れた家康だったが、それゆえに彼らの実力を思い知らされ、恐怖と不安に苛《さいな》まれることとなる。

水軍に対する解体令は、家康の恐怖心が生み出した暴政であったのだ。

竹中重義はハッとした。

そのような異能者の集団が崇《あが》め奉《たてまつ》るのは南朝である。

徳川家において南朝勢力を代表するのは宝台院《ほうだいいん》。家康の側室で、二代将軍秀忠《ひでただ》の生母だ。家康が徳川内部に取り込んだ道々外生人たちを束ねている。家康が道々外生人の排除にとりかかって以降は、真っ向から夫と戦ってきた女丈夫だ。

誰あらん、越前宰相《えちぜんさいしよう》忠直《ただなお》を亡き者にせんとした黒幕ではないか。

——あの水軍、宝台院の手下どもか！

重義はキリキリと歯嚙みした。横に立つ親父の太い腕を握って揺さぶった。

「逃げるのだ！　早く！」

親父は海の脅威には強いのだろうが、関船などという武装船団にはどう対処していいのかわからないらしく、太い八の字眉毛を情けなさそうに歪めさせた。

「あっちは櫂を漕いどるばい。こっちは帆も揚げられんと。逃げきれんばい！」

逃げるもなにも、重義の御座船は潮流に巻かれて漂っているばかりなのだ。

一方の関船はますます勢いよく櫂を動かして近づいてくる。御座船を取り囲む隊形で散開した。

——これが『鶴翼《かくよく》の陣』というやつか。

などと、名軍師、竹中半兵衛の親族らしく思ったりしたが、悠長に感心している場合ではない。

「逃げるのだ！　あいつらが、我らの命をつけ狙う刺客なのだぞ！」

夕方の怒鳴り合いを思い出したのか、親父はますます顔色を悪くさせた。重義の両腕を摑んで揺さぶった。

「殿様、教えてくれんね。いったい、どこのどなた様を、この船に乗せたのやろか。船艙のお二人のご身分は……」

重義は親父をキッと睨みつけた。

「前《さき》の越前国守、松平《まつだいら》宰相忠直様と、その御生母、清涼院《せいりょういん》様だ」

「まつだいら？」

「上様の甥御様だ。我らは上様のご命令で、お二方を豊後府内に運んでおる」

「それでは、あの海賊は……」

「お二方のお命を狙う曲者《くせもの》どもに相違あるまい！」

重義は、怖《お》じけづいた水夫頭を突き飛ばすと、船艙へつづく合羽《かっぱ》に向かった。竹中家の郎党がいる。今は水の搔き出しに必死だが。

「出合え！　敵じゃ！　戦の用意をせいッ！」

舳先に掲げられた松明を頼りに敵が寄せてくるのに気づいて、松明を取って海に投げ捨てた。

が、その直後。

関船から火矢が放たれて、垣立に突き刺さった。

「おのれェッ！」

敵は戦国往来――否、もしかしたら源平合戦の頃よりその名を知られた水軍かもしれない。

陸の戦いなら竹中家とて、それと知られた戦巧者《いくさこうしゃ》の家柄だが、海の上では勝手がわからぬ。

それにひきかえ相手は専門集団なのだ。とても勝負になりそうにない。

重義も軍学を学んだだけに、そのへんの機微はよくわかる。わかってしまったがゆえに恐怖した。

関船が船体を寄せてきた。切り立った矢倉が目の前に迫る。

矢倉は敵の矢や鉄砲を防ぐための板壁であり、軍船特有の構造物だ。船の上に垂直にそそり立っている。矢や鉄砲を放つための狭間《はざま》まで開けられている。まったくの城壁である。まさに一個の要塞が突進してきたかのように感じられた。

直後、ズドーンと、凄まじい衝撃が御座船を揺るがした。関船の体当たりをまともに食らってしまったのだ。そのまま横転、転覆しなかったのは奇跡である。

つづいて鉤《かぎ》縄が投げつけられてきた。鉤縄といっても恐ろしく太い。錨を投げてきたのかもしれない。尖った鉄《くろがね》の先端が御座船の帆柱や垣立に食い込む。向こうが綱を引っ張ると、御座船はグイグイと引き寄せられた。

「ギャアーッ」

凄まじい絶叫が聞こえた。なんと、一人の水夫が錨に串刺しにされ、そのまま垣立に磔《はりつけ》にされてしまったのだ。関船側は容赦なく綱を引く。水夫は口と鼻から血を噴き出して絶命した。

親父はなんとか逃れようとして舵を切った。が、鶴翼に広がっていた敵船は、反対側からも迫ってくる。

ついに、御座船と関船が接舷した。例の鉤縄で固定されてしまう。

矢倉の上から黒ずくめの曲者たちが飛び込んできた。荒海をものともせず、揺れる関船のてっぺんから躍り上がって、御座船の甲板に飛び下りた。

黒塗りの男たちは四つん這いで着地した。水を吸っていた身体がビシャッと音をたてる。まさに両生類を思わせる格好だ。

覆面の穴から鋭い眼つきを覗かせる。低く伏せた体勢のまま、背負った刀をスラリと抜いた。

凄まじい雷鳴が轟く。曲者が片手で掲げた刀身が、稲妻を反射して輝いた。

「敵ぞッ！　敵ぞッ！」

重義も腰の刀を抜いた。水夫たちは完全に泡を食っている。竹中家の藩士だけが反応し、抜刀しながら走ってきた。

だが、その間も船は激しく揺れつづける。横波が滝のように甲板を洗う。

船に慣れない藩士たちは、攻撃を受ける前から足を滑らせて転倒し、反対側の舷側に身体を打ちつけたりしていた。

カエルのように這いつくばった襲撃者は、這った体勢のまま突進してきた。片手斬りの横殴りで剣を振るう。立ち上がろうとしていた藩士の脛《すね》を斬りたてた。

「ぐわっ！」

片足を斬り飛ばされた藩士は、もんどりをうって垣立を乗りこえ、暗い海に転落した。

曲者どもはあとからあとから飛び込んでくる。重義も必死に応戦するが、船の揺れのせいで足元が定まらない。身を低くすれば重心が安定する、と、頭では理解しているが、曲者どものような低い姿勢で斬り合った経験はない。帆柱を盾に逃げ回り、凶刃を避けるので精一杯だった。

その間にも藩士たちは次々と斬り殺されていく。斬られるや否や、夜の海に落ちていった。

断末魔の悲鳴と、大きな水音が連続する。彼らが流した血潮が甲板を濡らしたが、即座に横波に洗い流された。

「こんにゃろう！」

一時の動揺から立ち直り、水夫たちが熊手などを手に反撃を開始した。熊手は棒の先に鉤爪がついている道具で、船を桟橋につけるときなどに使う。

わっせわっせと祭のような勢いで押し出していく。こちらは海の男たちだけあって横波にも負けず腰が据わっていた。船の道具も一応、武器になる。親父の一撃をくらった曲者が背中から転倒した。大きく傾いだ甲板を転がっていく。

だが、やはり南朝配下の海賊衆には敵《かな》わなかった。二、三合結び合っているうちに劣勢が明らかになり、無残に斬り立てられて船尾に追いまくられてしまった。

竹中重義はたった一人で追い詰められた。背中には帆柱、四方八方を曲者に囲まれている。曲者の刀が重義の喉元に突きつけられた。

「ま、待て……！」

その間も船は左右に揺れている。ピタリとつけられた切っ先が反動で喉を貫くのではないかと気が気ではない。

身動きならなくなった重義を置き去りにして、海賊の頭目らしい者が、船艙に降りていこうとした。

重義はギョッとして叫んだ。

「どこへ行く！　何をする気だ！　やめろ！」

が、ふたたび刃を突きつけられて身動きを封じられてしまう。その間に頭目は悠々と甲板の扉を上げた。

ザァーッと大波が流れ込んでいく。船艙の底で息をひそめていたらしい者たちの、怯えた息づかいが伝わってきた。

頭目は身を屈めながら太刀を構え直した。切っ先を闇に据えながら、階段の踏み板に足を下ろした。


と、そのとき——。

ジャーン、と、何かを打ち鳴らす音が聞こえた。荒海に轟く波音ものともせず、暗黒の海面に響いた。

曲者たちは一斉にビクッと反応した。覆面の頰をひくつかせながら顔を上げ、夜の海面に目を向ける。

ゴロゴロと雷鳴が轟いた。一瞬、昼間のように明るくなる。飛沫をとばして荒れ狂う三角波が遠望できた。

嵐の海の彼方から、ジャーン、と金属音が響いてくる。稲光に照らされた水平線から、蛇腹に折れた帆布が姿を現わした。

ドーンと大波が打ちつけてくる。その船は巻き上がった舳先でやすやすと波を乗り越えると、上げ潮に押されるようにして、こちらに突進してきた。

あまりにも巨大な船である。帆柱は三本立っている。湾曲した舷側は朱色に塗られ、おとぎ話の龍宮城のように鮮やかだ。

甲板の上には建造物まで作られている。これもまた、御殿を思わせる豪華な造りだ。艶やかな瓦が濡れて光っていた。

「あれは！」

重義は、我が身の危機も一時忘れ、巨船の威容に目を奪われた。

「明国の戎克《ジャンク》船ではないか！」

重義の声に海賊どもが反応する。覆面から覗かせた目つきには、明らかな動揺が浮かんでいた。

ジャンジャンと打撃音が連続した。もはや誰もが理解している。銅鑼《どら》の音だ。九州地方の船乗りならば一度は耳にしたことがあるはずだ。

日本水軍の関船を視界に捉えたのか、ジャンクから響く銅鑼の調子が変化した。気を急《せ》くように軽捷で荒々しい拍子を刻んでいる。この特徴的な連打音は攻撃開始の合図でもあった。

この時代、東シナ海には、明人擬倭《みんじんぎわ》――という集団が存在していた。明国人からなる倭寇《わこう》である。

明国人でありながら、日本を拠点に活動していた海上勢力であった。

アジア各国を繋ぐ運輸流通業者であり、海賊でもある。家康の手で弱体化された日本の水軍などでは抗《あらが》いがたい武装勢力でもあった。

――なにゆえ、このような所に明人が！

玄界灘から関門海峡に入らんとする海域である。博多より東の海域にジャンクが来ることなど滅多にない。

いずれにせよ、得体の知れない巨船が突進してくる。

ジャンクの銅鑼の音に呼応して、二隻、三隻と並走のジャンクが集まってきた。さらには闇の中から、あまりにも巨大な外洋ジャンクの船体が姿を現わした。

重義も海賊たちも声をなくして見つめている。明人倭寇の旗艦であろうか。重義の御座船や関船と比較して、数倍の長さがありそうだ。

明国の鄭和《ていわ》は、はるかアフリカにまで航海をした。外洋ジャンクは大航海にも耐えられる構造と規模を誇っていた。

明人倭寇の軍船は、巨大なもので一四〇メートルもあったという。

一方、日本の軍船といえば、織田信長が九鬼義隆《くきよしたか》に建造させた鉄張り軍船でも十八間（三二メートル）である。家康によって巨船の建造が禁じられてからは、せいぜい十間（一八メートル）程度の船しか存在しない。

全長一八メートル程度の竹中家御座船と海賊船が戦っているところに、全長一〇〇メートル超の巨船が殴り込みをかけてきたのだ。竹中重義も、海賊衆も、完全に色を失ってしまった。

ジャンクの舳先が突進してきた。この大波もこれほどの巨船なら苦にならない。

旗下のジャンクは日本の海賊船団を包囲する陣形を取った。

「いかん！　もやい綱を切れ！」

海賊の頭目が初めて言葉を発した。御座船と繋がったままでは身動きがとれない。

このままでは明人倭寇の餌食《えじき》となってしまう。ジャンクの船縁に明人たちが姿を見せた。一斉に横並びすると、凄まじい火矢の連射を放ってきた。

流星群のように飛来した火矢が関船の矢倉に突き刺さる。

火矢は闇の中で矢の軌跡を確認するためだ。この雨の中では火攻めは効かない。しかしやはり、炎となって飛来する様は、それが目に見えるだけに恐ろしい。

凄まじい火の雨が横殴りに降り注ぐ。惜しげもなく物量を投入するのは大陸の流儀だ。貧乏性の日本人を驚倒せしむるには十分すぎる挨拶であった。

南朝海賊の頭目は、接舷した関船側に命令した。

「兵をもっとよこせ！」

御座船を乗っ取って逃げる算段らしい。自分が乗ってきた関船は捨てるつもりなのか。

頭目の命令のもと、海賊たちが我も我もと飛び移ってきた。部下が揃うのを確認し、頭目は二つの船を繋留していた綱を切った。

関船が舳先を巡らせて離れていく。ギギギギーッと、船体の軋む音が響いた。

「帆を張れ！」

頭目が叫ぶ。蟬《せみ》車に手下どもが取りついた。

「待たんか！」

御座船の親父が目の色を変えてすっ飛んできた。

「帆柱が折れるばい！」

海賊の頭目も目を血走らせて怒鳴りかえした。

「明人に殺されてもいいのか！」

手下どもが身綱を引いて帆を上げた。途端に船体が前屈みになって走りだした。帆柱が不気味な音をたてる。前方から押し寄せてきた高波が甲板の上を流れていく。

その間も、明人倭寇のジャンクは攻撃の手を緩めない。関船の一隻に体当たりを敢行した。鉄塊を張りつけた舳先で関船の横腹に激突する。船体構造の弱い和船では不可能な攻撃だ。その弱い和船――関船は、船体の部材に大穴を開けられて傾いた。

ジャンクはそのまま関船に乗り上げた。

関船の矢倉から、何人もの海賊たちが転げ落ちていく。船の沈没が避けえないと察して自ら海に飛び込んだ者もいた。

竹中重義の御座船は、帆を斜めに張ったまま疾走していた。が、この帆走は船乗りたちの制御下にない。風を受けるがまま勝手に暴走しつづけている。

強風の中、無理に帆を上げたので帆桁を吊る縄が滑車に絡んでしまい、上げることも下ろすこともできなくなってしまったのだ。

船体全体が斜めに傾いている。

水夫たちは、竹中家中も曲者どもの区別もなく、敵も味方も舵柄に取りつき、なんとかして舵を右に切ろうとしている。左へ左へと回頭しながら波を切っていた。が、激しい潮流の中でままならない。舵のほうが先に折れてしまいそうだ。

左手から巨大なジャンクが迫ってきた。

竹中家の御座船も和船としては大きいほうだが、やはり、このジャンクとでは比較にならない。朱色の舷側は見上げるような高さにあった。ジャンクの甲板に立てられた御殿のごとき建物がこちらを見下ろしていた。

「あれは……！」

海賊の頭目が啞然として呟く。つづいて親父が絶叫した。

「一官党《いっかんとう》たい‼」

御殿の上で、黄色地に黒々と墨書された三角旗がたなびいていた。

それは、敵も味方もなく、日本の船乗りの心胆を凍りつかせるのに十分な光景であった。

　明人倭寇の大立者、李旦《りたん》が指揮する水師。海上軍閥である。

　この当時、東アジア最強の海軍力を誇っていた。大砲を積んだオランダ人、ポルトガル人の武装帆船ですら接触を避けたといわれている。

　朝鮮海将の李舜臣《りしゅんしん》にすら勝てなかった日本水軍に、どうこうできる相手ではない。

　ジャンクの舳先には魔よけの目玉が描かれている。巨大な黒目が御座船の垣立の上を真横に移動していく。甲板の上の日本人を餌食にするべく、冷たい視線で眺めていったようにも思えた。

　その直後、御座船は激しく横揺れした。ジャンクの船体が真横からこすっていったのだ。

　つづいて鉤縄が投げ込まれた。この御座船に投げ込まれるのは今夜二度目だ。よくよくついていない。引き寄せられた舷側同士が接触した。

　ジャンクの甲板に巨大な板が何枚も出現した。車体に乗せられているらしく、水夫たちの手で押し出されてきた。そしてバタンバタンと音をたてつつ、こちら側に倒れ込んできた。

板の下には金属の刺が植えられている。跳ね橋の倒れる勢いのままに御座船の甲板を直撃し、板を叩き割り、音をたてながら食い込んだ。

即席の跳ね橋の完成である。

二つの船は完全に繋がってしまい、少しぐらいの波では離れることもできなくなった。

二隻の甲板の高低差は十尺（約三メートル）以上あったが、跳ね橋の上には滑り止めの横木が何本も打たれており、階段として使えるようになっていた。

「ヤーッ！」

喊声をあげて明人倭寇が乗り込んでくる。額には黄色い鉢巻き。片手に濟刀を握っていた。ダンダンダンッと、跳ね橋を蹴立てて駆け下りてくると、青龍刀を振り回しながら躍《おど》りかかってきた。

「おのれ！」

日本海賊の頭目も覚悟を固めて剣を抜いた。カエルのように低く構えて邀撃《ようげき》する。

配下の曲者たちも頭目に倣《なら》った。濡れた甲板の上に広がって、不気味な陣形を形作った。

明人の剣士が奇声とともに突進した。中国武術特有の激しい体術だ。コマのように旋回しながら日本海賊に斬り込んだ。

凄まじい剣戟が始まった。どちらも命知らずの海の男たちである。

一方。

竹中重義と水夫たちは恐怖に身を震わせながら後退《あとずさ》っていた。

渡された跳ね橋から次々と明人が乗り込んでくる。黒い呉服を着た一団が重義を取り囲んだ。

「おのれ……！」

重義は剣を抜き、水夫らは親父の一喝で我に返って熊手や突き棒を構えた。このままおめおめと殺されるわけにはいかない。せめて明人の二、三人も地獄の道連れにしてやらねば腹の虫が収まらない。

そのときである。

「竹中様の御家中は、武器を収められよ！　我ら、竹中様にお味方すべく推参いたした者！」

凛とした音声が響きわたった。綺麗な日本語である。重義はハッとして顔を上げた。

跳ね橋の上を一人の美丈夫が降りてくる。

総髪の黒髪を高々と結い上げ、褐色の小袖に黒革の袖無し羽織を着けている。スラリと伸びた身の丈は六尺近く（一八〇センチ）。裁《た》っ着《つ》け袴に脚絆を締めて、足元は革足袋と武者草鞋《わらじ》。

腰には黒漆塗りの打刀《うちがたな》を閂《かんぬき》に差している。柄《つか》の長さがうんと長い。柄も長ければ鞘も長い。二尺六寸の大業物《おおわざもの》だが、この長身の武士の姿態には、まだ物足りなさげに見えていた。

雨の中を悠然と歩いてくる。よほど鍛えられた足腰なのか、船の揺れなどものともしない。能役者が橋懸《はしがかり》を往くがごとくに泰然としていた。

この倭人は明人倭寇の中でもちょっとした顔役であるらしい。重義を取り巻いていた明人たちがサッと道を開けた。

その武士は、身綱の緒に駆け寄るやいなや――、

「ヤッ！」

居合腰の構えから抜く手も見せずに腰の刀を一閃させた。

なんという手練であろうか、潮と雨水を吸って固く締まった身綱を一刀両断にする。

帆を吊っていた身綱が切れて、帆桁が帆柱から落ちてきた。

竹中家の家紋を黒く染めた帆布が、強風にはためきながら下りてくる。さながら幕

間に緞帳《どんちょう》の下りるがごときだ。篝火に照らされて白く輝く帆布の前で、武士がクルリと腰を回して長刀を鞘に納めた。

帆を落とされ、御座船が荒海に停船した。斜めに傾いでいた甲板がゆっくりと水平に復してきた。

武士は、ゆったりとした足どりで、重義の前に歩んできた。

「竹中釆女正様とお見受けいたす」

まだ若い。歳の頃は二十代の半ばであろうか。雷雨の中だが、春風の薫るがごとく駘蕩としている。同じ甲板上では日本海賊の一団と明人剣士の一団が激闘を繰り広げているというのに、なんとも悠然たる風韻であった。

「な、何者か」

重義は震える声を絞り出した。

若者は軽く一礼した。

「それがし、波芝信十郎《なみしばしんじゅうろう》と申します。公方《くぼう》様より遣われし者にござる。陰ながら越前宰相様をお護りするように命じられており申す」

「なんと！　……しかし、この明国人は!?」

波芝信十郎は、チラリと周囲の明人らに目を向けると、やや面はゆそうに微笑した。

「いささか、それがしの知己の者なのですが……、このような大事になるとは思いもよらず」

それから、ジャンクの船上の、矢倉の上に目を向けた。

明国の鎧に身を包んだ大将が、甲高い広東語で命令を下している。やはり若い。若いが、どうやらこの船団の頭目であるようだ。

信十郎は苦笑して肩を竦《すく》めた。

「派手好みで、喧嘩好きな人なんです」

たしかに、体当たり攻撃を仕掛けてきたり、雨のように火矢を射かけてきたりと、やることがいちいち派手で大げさだ。

「わたしとは、いい合口《あいくち》、――と言う者もいます」

さて、とでも言うように、信十郎はゆったりと振り返った。

「采女正様には、なにとぞお心を安んじられますよう」

軽く一礼すると、踵《きびす》を返して歩み去っていく。重義と水夫たちは、声もなく身を震わせながら見送った。

――次は、こいつらの始末だが。

日本人の海賊衆が血刀を振るって奮戦している。低く構えた体勢から、日本刀が斬り上げられるたびに、明人剣士が血を噴き上げて倒された。

——強いな。

信十郎は、他人事《ひとごと》のように呟いた。

この当時、明人倭寇が東アジア最強の海軍であったなら、日本は、東アジア最強、否、もしかしたら世界最強だったかもしれない陸軍国であった。

日本兵の強さは文禄慶長の役で立証されている。島津家の一隊だけで明軍主力二十万を撃退できたほどの強兵なのだ。

船の上とはいえ、倭人が得意の剣をもって待ち構えている。いかに一官党の強兵とはいえ、やすやすと討ち取るわけにはいかない。

青龍刀対日本刀の攻防が、一進一退、剣の一振りごとに血飛沫を上げながら繰り返された。

退路を絶たれた死に物狂いの強さであろうか、日本海賊が一官党の明人剣士隊を圧倒しつつある。明人たちを跳ね橋のほうに追い込みはじめた。

「シンジュロウ！　やってシマエ！」

矢倉の上の明将が叫んだ。手下の不甲斐なさにイライラとしている気配である。

明国人に言われるまでもなく、曲者どもを許すつもりはなかった。

多くの命を犠牲にして、ようやく避けえた越前一国の騒乱である。残すところは最後の仕上げ。越前の国守、松平宰相忠直が、無事配流先に向かうことで無意味な戦乱は避けられる。

ふたたび戦国の世を招来するかもしれぬというのに、その危険を顧みず、忠直を暗殺しようとする勢力は許せない。否、忠直を暗殺することで、ふたたび日本を戦乱の渦に巻き込もうとしているのかもしれないのだ。

この一件で命を散らした大勢の人々の面影が信十郎の脳裏を駆け抜けていった。

——許せぬ！

信十郎の双眸で瞋恚《しんい》の炎が揺れた。

日本海賊の一団は、厳しく陣形を固めたまま白刃を高く掲げていた。明国人の剣士もひとかたならぬ腕前なのだが、この陣形の前には為す術《なすべ》もない。日本海賊を取り囲み、広東語で悪罵を浴びせるのが精一杯だ。

「退いてくれ」

信十郎は、明国人の輪をかき分けて前に出た。

「信十郎大哥《ターコー》（兄貴）！」

明国剣士らも信十郎には一目《いちもく》置いているらしい。サッと場を開けた。

信十郎と曲者どもの距離は、ほぼ二間（三メートル六〇センチ）。血に濡れた甲板を雨粒が激しく叩いていた。

信十郎は不機嫌そうな、あるいは悲しげな表情で、曲者たちを見つめた。六尺豊かな長身の信十郎だ。低く構えた曲者を自然と見下ろす形になった。

「なにゆえかくも執拗に忠直様の命を狙う？　忠直様はもはや所領も地位も失った身。手足をもがれたも同然。静かに余生をお過ごしいただけばよかろうに」

曲者の頭目も、覆面越しに鋭い眼差しを向けてきた。せせら笑ったようにも見えた。

「なにゆえ殺さねばならぬのか、など、我らの知ったことにあらず。かの者を討つように依頼されたゆえ、討ちに来たのみ」

「誰に頼まれた」

「依頼主の名か？　はははは。口が裂けても言えぬわ」

殺意の潮合いが満ちていく。話をしてどうこうなる相手ではなさそうだ。

信十郎はスラリと刀を引き抜いた。正宗十哲の一人、筑前の刀工、金剛盛高《こんごうもりたか》が鍛えし二尺六寸の大業物。鎬《しのぎ》の厚い、反りの深い実戦本意の剛刀である。時ならず天空を走った稲妻に反射して、鈍い地金を光らせた。

「そなたらのような者どもがおるから、道々外生人の全体が恐れられ、謂《いわ》れもなき迫害を受けねばならぬのだ」

「口はばったいことを申すな。来い！」

頭目の号令一下、曲者どもの陣形が一斉に太刀を構えた。

信十郎は低く身構えた。

甲板には竹中家の侍と明国剣士の死体がいくつも転がっている。皆足首を切り落とされていた。大量の血脂《ちあぶら》が甲板をヌラヌラと覆っていた。

竹中家の家臣や明国剣士も、それなりの剣技の持ち主だったであろう。しかし、為す術もなく斬り殺された。それはなにゆえか。

曲者どもは揺れる甲板の上で重心を乱さぬように這いつくばっているのだが、この体勢の低さが問題なのだ。

刀は円弧を描くので、その切っ先は、腕を伸ばした肩の高さで一番遠くに突き出される。体高の低い相手を斬ろうとして、そのまま円弧を描いていくと、足元で切っ先が自分の身体と接することになる。つまり、間合いが零になる。

どれほどの腕の長さがあろうと、長剣を構えていようと、足元にいる相手には、その利点が活かせない。

それを見越した曲者たちは、横殴りに剣を振り回してくる。ゆえに、竹中家の侍や、明国剣士は脛を斬られて倒されたのだ。

信十郎はおのれの不利と、敵の利点を瞬時に見抜いた。そして、ダッと甲板を蹴って走り出た。

「トワァッ！」

低く跳躍すると膝を折って着地する。甲板は血脂と雨に濡れている。正座した姿の信十郎は、跳躍した勢いのままに滑っていく。

「イヤヤヤヤッッ‼」

横殴りに刀を一閃させた。斜め上に斬り上げる。瞬時に一人の曲者が腕を斬り飛ばされて吹っ飛んだ。

その勢いのまま、二太刀目を斬り下ろす。曲者の頭部を深々と断ち割った。

曲者どもの最前列が切り崩された。動揺して背後に飛び退いて逃れる。堅陣が崩れた。信十郎はクルクルと回転しながら立ち上がり、と同時に三人目の胴を切り裂いていた。

ジャンクからけたたましい足音が響いてきた。明国製の鎧兜に身を固めた壮士が走ってきた。例の明将だ。まだ若い。二十代の中頃であろうか。黄金色の鎧を輝かせ、手には槍を持っていた。

「タアッ！」

信十郎が切り崩した曲者の陣形を、端から順に、手当たり次第に突いていく。りゅうりゅうと槍をしごいた手腕はなかなかに豪壮だ。揺れる甲板でも腰はピタリと据《す》わり、繰り出される槍身に一寸のブレもない。

「ギャッ！」

「ぐわっ！」

いかに低く身構えた曲者とはいえ、槍の切っ先には敵わない。田んぼのカエルを棒で突ついているかのようなありさまで、次々と眉間を、肩を貫かれた。

日本海賊の頭目は、這いつくばった姿勢のまま飛び上がり、合羽板と呼ばれる台座の上に飛び乗った。

信十郎はすかさず身を寄せて斬りかかる。頭目も身を翻して斬り返してきた。

「ぬんっ！」

信十郎の剣が空中で『し』の字を描いて翻った。『風勢剣』。肥後人吉が生んだ剣聖、丸目《まるめ》蔵人《くらんどのすけ》佐が編み出した必殺剣だ。その名のごとくに壮烈な風斬り音を響かせながら頭目の首筋を斬りたてた。

「ぐわっ！」

したたかに肉が切り裂かれた。空中で信十郎と入れ違い、頭目の身体がドタリと甲板に落下した。

首筋から血を噴き上げて、頭目が悶絶する。暫《しば》し苦しげに痙攣したのち、グッタリと絶命した。

曲者の手下どもも、明人倭寇の大将の手で一人残らず討ち取られた。

御座船に静寂が戻った。曲者たちの死体を横波が洗っていく。彼らが流した血も海に流された。

信十郎は刀をパチリと鞘に納めた。

竹中重義がよろめく足どりでやってきた。

「波芝殿と申されたか。これはいったい、いかなる次第でござろうか」

無理からぬことだが、青白い顔つきで完全に度を失っている。秀忠側近の中では指折りの切れ者であるが、今はその影もない。

と、そこへ、船艙から一人の尼僧が上がってきた。清涼院――結城秀康《ゆうきひでやす》の未亡人である。もはや初老ではあるが高貴さはすこしも損なわれていない。白い帽子《もうす》姿も凛然と、気品ある立ち姿で視線を向けてきた。

「波芝でしたか。お手数《てかず》をかけました」

信十郎は折り目正しく膝をついた。

「清涼院様のお心をお騒がせし、申し訳なき次第にございます」

「なんの。我ら母子、そなたに助けられるのは二度目です。あらためて礼を申しますぞ」

「して、宰相様は」

「お心安らかにお休みです」

伊賀服部家に伝わる秘薬を服用させられているのだ。豊後に着くまで昏々と眠りつづける。心身ともに疲弊しきった忠直にとっては、なによりの薬かもしれない。

清涼院が船艙に戻るのと同時に、けたたましい足音が響いてきた。黄金色の甲冑がガチャガチャと鳴っていた。

「相変わらず凄まじか手並みばい。さすがはオイの兄弟分のごつある」

片言の博多弁で叫び立てた。海の男なので声が大きい。

信十郎は襟を正して一礼した。

「お主《ぬし》の船団のおかげで、みんな助かった。礼を言う」

男は満面をクシャクシャにして照れ笑いした。

「よかよか。何を言うちょる。堅苦しい挨拶はいらんばい。オイとシンジュロウの仲じゃろうもん。貸し借りなしたい」

竹中重義は不得要領の顔つきで、二人の若者を交互に見た。

「そこもとらは、いったい……」

将軍秀忠から遣わされたという武士（ということは大身の旗本なのであろう。清涼院とも知己の間柄であるらしい）と、明人倭寇の頭目が、仲良さそうに語らっている。重義でなくとも混乱させられる光景だ。

信十郎は重義に向き直った。

「上様より内密の御下命を受けて、陰ながら忠直様御一行をお護りいたしておりました。伊予水軍の残党が御座船を追ったと知り、ここな――」と、肩越しに明国人の若者を見て、「飛虹《ヒコウ》殿のご助力を願った次第」

「ご助力――と言うほどのモンでもなかばい」

飛虹は得意気に破顔した。とてものこと、一官党の一船団を指揮する幹部とは思いがたい無邪気さだ。

「たまたま近くの湊におったとですたい。江戸の大君《タイクン》には朱印船で世話になっちょるばい。それにこのシンジュロウは――」

「飛虹！」

信十郎に掣肘されて、飛虹は軽く頭を掻いた。

「そうだったばい。ま、このシンジュロウとオイとは兄弟分ばい」

九州沿岸で商業活動をする明人倭寇にとって、肥後加藤家はお得意様でもあり、保護者でもある。まだこの頃は、いわゆる鎖国令も出ておらず、西国雄藩はこぞって貿易に精を出していた。

そんな次第で、加藤清正の猶子《ゆうし》（養子）である信十郎と飛虹とは子供の頃からの友人であった。

もっとも、この二人が身分と国籍の隔てを越えて義兄弟になっておろうとは、加藤家の家臣たちも知らない。飛虹は信十郎が加藤家の若君だという事実を知りつつ、ちょくちょく外洋にも招待していた。

納得したのかしないのか、とにもかくにも重義は、巨大なジャンクの船体を見上げた。

「それにしても大きな船だ。是非わしの城下にも立ち寄ってほしいものだな」

明人倭寇との交易は金になる。重義は才人だ。これを機会に一官党と近づきになろうと計算を働かせているようだ。

「お殿様は、どちらのお殿様でゴザイマショウ」

飛虹も、若いにも似ぬ計算高さで愛想笑いを見せた。やはり、海商である。

「豊後府内だ」

「出入りのお許しをいただければ、いつでも参上いたしまする」

「うむ。早速の色好い返答、満足じゃ。余は竹中采女正重義。よろしく頼むぞ」

「鄭芝龍《テイシリユウ》、字《あざな》は飛虹でございますばい。以後、お見知りおきを願いますたい」

才人二人は互いの目の中を覗きあい、意味深に笑みを浮かべあった。

竹中重義は、のちに長崎奉行に抜擢される。その出世に鄭芝龍の支援があったことは言うまでもない。重義と明人倭寇は、二人三脚で繁栄と私腹を肥やしていくことになる。

三

嵐が次第に収まってきた。飛虹の船団の周囲には、破壊された関船の残骸が漂っていた。

「倭人をたくさん拾うたが、どげんすると」

関船を失い海に落ちた伊予水軍の水夫たちである。頭目を失い悄然としている。

信十郎は悲しげな表情を浮かべた。

「日本国にいても、立つ瀬がなかろう」

水軍としての技量を活かせぬばかりか、今回のような裏仕事ばかり命じられることになる。本来誇り高い海の男たちだ。本人たちにとっても不本意であろう。

さらには今回の失敗で厳しい罰を受けるかもしれず、あるいは口封じに殺されるかもしれない。

「飛虹の手元で使ってやってくれぬか」

東シナ海には、海の男たちの活躍の場があるはずだ。

「うむ。それがよか。シンジュロウは敵の身の振り方まで心配する。よか男ばい」

飛虹が肩に腕を回してきた。潮臭い腕で撫でられ、褒められて、信十郎は激しく照れた。

嵐があがった。朝日が燦々《さんさん》と射している。満身創痍の御座船は、一官党のジャンクに曳航されながら豊後府内の湊に入った。

「おおい、信十郎！」

桟橋で鬼蜘蛛《おにぐも》が手を振っている。その横にはキリの姿もあった。

# 第二章　出羽の嵐

## 一

徳川二代将軍秀忠の執務室は、江戸城西ノ丸大書院に置かれていた。

開け放たれた障子越しに明るい陽差しが射し込んでいる。

この年の日本国は、春先から異常な低温に見舞われていたが、七月に入ってようやく太陽も力を取り戻し、天空をまばゆい光で包みはじめている。

秀忠は書院の廻縁に立ち、新緑の芽吹いた庭園を眺めた。

眼下が落ち窪んでいる。顔色が悪い。

すこしでも威容を保とうと思い、髭など生やしてみたものの、頬もこけ、顎は鋭く尖っている。なにやら髭を剃るのを忌《い》んだ病人のような風采だ。

地味な樺茶色《かばちゃ》の羽織を着けている。無地の小袖に袴。なんとも爺むさい格好だ。江戸市中の商人のほうが、まだしも華美な姿をしているであろう。

おおよそ暖衣飽食というものに溺れたことのない男である。もっとも暖衣はともかく、飽食のほうは胃袋が受けつけてくれないので、溺れたくとも不可能である。

背丈は五尺三寸（一六〇センチ）。この時代の成人男子としては高いほう。

だが、せっかくの長身なのに、最近は背中が丸くなりつつある。

日本国の武士の頂点に立つ男とも思えぬ、痩せて貧相な立ち姿なのであった。

庭で小綬鶏《こじゅけい》が鳴いている。天を切り裂くかのような絶叫だ。いったいこの鳥は、何をここまで激しく訴えねばならぬのか、と、秀忠はやや、不思議に感じていた。

不思議といえば、そのように自然と向き合っている自分も不思議である。

おおよそこの二代将軍は、風流や数奇《すき》、道楽などという物事から隔絶した世界に生きてきた。

むろん秀忠とて人間であり、木石《ぼくせき》ではないのであるから、美しいものを見れば美しいと感じるし、諸芸道などに心を遊ばせてみたいと思うこともある。

が、この生真面目一方な二代様は、怠惰に流れんとするおのれの心さえ厳しく封じてきた。信長、秀吉、家康という三英傑が成し遂げた天下統一、天下太平という偉業を永続たらしめんがために、おのれの心さえ、犠牲にして生きてきたのだ。

この年、秀忠は四十三歳。征夷大将軍に補任されて十八年。凡庸な跡継ぎと軽侮されてきた二代将軍も、ようやくその地位に相応《ふさわ》しい貫祿と思慮深さを身につけはじめていた。

すべては秀忠本人の努力のなせる技である。

生まれつき英雄の三英傑には、理解すらできない努力であったろう。

庭を眺めるのにも飽きて、踵を返すと、書院の下座の暗がりに柳生宗矩《やぎゅうむねのり》が座っているのが見えた。

こちらも秀忠に負けず劣らずの地味な装いだ。庭の眩しさに目が慣れていたので、宗矩の姿は目視しがたいほどであった。

「上州殿の始末、いかが取り計らいましょうや」

その黒い影が口を開いた。陰々滅々とした声が響いてきた。

「うむ……」

秀忠は陰気な足どりで書院に戻ると、上段ノ間に腰を下ろした。

宗矩がズイッと膝を滑らせ、身を乗り出してくる。

「もはや、これ以上、本多上野介《ほんだこうずけのすけ》殿を野放しにしてはおけませぬぞ」

言われるまでもないことである。


数カ月前、秀忠の二人の息子――世継ぎの家光《いえみつ》と次子の忠長《ただなが》、が、深夜の江戸市中におびき出され、危うく暗殺されかかった事件があった。

この一件、裏で糸を引いていたのが、本多上野介正純《まさずみ》であった、という。

「それは、まことか」

その報告を受けたとき、秀忠は俄《にわか》に信用できなかった。宗矩にきつい目を向けて問い直した。

宗矩は、しかと視線を受け止めてから、返答した。

「恐れながら、間違いのないことにござる」

柳生家は、剣術指南役として将軍家に仕えている――ということになっている。表向きは。

だが、実際には、幕府の諜報を担当していた。

柳生の稽古場には、門人として旗本や御家人、諸藩の武士がやってくる。稽古の合間には門人同士で世間話に花を咲かせることもある。

また、柳生の高弟たちが諸藩の江戸屋敷に出稽古に赴くこともある。剣術指南役として外様大名家に召し抱えられた者までいた。

それら門人には期せずして、向こうから情報が飛び込んでくる。各藩の幹部級の子弟と接しているのだから当たり前だ。

山伏や芸人などの下賤な者どもに身をやつして敵地に潜入する忍者などより、はるかに高度で正確な情報を手に入れることができたのだ。

のちのことだが宗矩は、幕府の大目付と道中奉行を仰せつかる。

大目付は外様大名に目を光らせる監察官であり、幕府の枢要だ。大出世である。

柳生は徳川家においては新参者である。本来ならこのような重職を任せられる者ではない。

諜報機関としての働きを認められた証拠であった。

その柳生の諜報網が正純の叛意を摑んできた。宗矩は直截に、この情報を秀忠に上申した。

かくして秀忠は慄然《りつぜん》としている。

信じがたい話である。本多正純は徳川幕府の筆頭年寄。のちでいう大老である。

その地位に相応しい政治家、陰謀家であり、徳川家康の懐刀として初期の幕府を動かしてきた。大坂の豊臣家滅亡や、豊臣恩顧の大大名、福島正則《ふくしままさのり》改易の際に見せつけた辣腕は記憶に新しい。

「徳川の天下取りと、政権維持のために全身全霊を捧げてきた正純が……」

ボソボソと呟く。思わず爪まで噛んでしまった。

——正純め、なにゆえ、ここにきて徳川宗家の覆滅に動きだしたのか。

秀忠、家光、忠長の、将軍一家を族滅せねばならなかったのか。

柳生宗矩が、鋭い眼差しを向けている。

宗矩の虹彩は特徴的な鳶色をしていた。天狗を思わせる瞳が書院の奥の暗がりで光っていた。

「やはり、東照神君様の御遺訓があるものとしか思えませぬ」

「父上の遺訓か……」

「左様、我ら、南朝に与《くみ》し者どもを、徳川家から取り除くべし、という御指図」

「むう……」

秀忠はうなった。

北朝の天子は、京の内裏《だいり》にあって日本国を統《す》べておられる。まさに天照大神《あまてらすおおみかみ》の子孫。日輪のごとくに日本国を照らしていた。

一方、本来なら正統な皇統であるはずの南朝の天子は、北朝を奉じた武家政権、室町幕府の追捕に堪えかね、深山幽谷の狭間に逃げ隠れた。

最後の南朝天皇であるところの南帝王（西陣南帝）が、山名宗全《やまなそうぜん》に担ぎ出され、安山院に陣を布いたのが文明元年（一四六九）。応仁・文明ノ乱の真っ最中である。

その一件を最後に、南朝の消息は途絶えてしまう。まさに地に潜ったかのごとく、歴史の闇に消えてしまったのだ。

だが、南朝の後胤は途絶えたわけではなかった。北朝の天子が武家と農民に担がれたなら、その正反対、武士や農民の枠外にあって、虐げられた者どもによって護られていた。

いわゆる道々外生人。山ノ民、川ノ民、海ノ民たちに護持されて、日本国の裏側から、まつろわぬ者どもの世界を統べていたのだ。

それら南朝を掲げた者どもの、一発逆転の好機は戦国時代にやってきた。

南朝忠臣の大物と言えば、楠木正成《くすのきまさしげ》、新田義貞《にったよしさだ》、菊池武敏《きくちたけとし》などだが、新田の末裔を名乗ったのが徳川家康であり、必然的に家康のもとには南朝遺臣が集まってきた。井伊直政《いいなおまさ》、大久保長安《おおくぼながやす》などのテクノクラートや、服部半蔵正成《はっとりはんぞうまさなり》をはじめとする伊賀甲賀の忍家たちである。

家康も彼らの力を取り込もうと計った。菊池一族の血を引いており、服部一族に育てられた西郷局《さいごうのつぼね》や、鋳物師の娘であり、道々外生人であるところの茶阿局《ちゃあのつぼね》などと婚姻関係を結んで子を生《な》した。

かくして生まれた秀忠、忠吉《ただよし》、忠輝《ただてる》の三兄弟は、将軍と副将軍として南朝皇帝を奉じる予定であったのだ。

が、肝心の家康の心変わりによって、南朝遺臣の野望は頓挫した。井伊直政、大久保長安、服部半蔵正成ら、徳川南朝の大立者たちは次々と潰され、殺されていった。

家康は徳川内部に巣くった南朝勢力を恐れたのである。

取るに足らない三河の土豪であり、今川の人質であった自分自身を将軍にまで担ぎ上げた、その実力に恐怖したのだ。

家康自身の子でもあるはずの忠吉も暗殺され、忠輝は改易配流の処分を受けた。

これらの陰謀の首謀者が本多正純である。今は亡き徳川家康の遺訓を守り、徳川幕府にはびこる南朝遺臣を狩りたてていた。

そしてついに正純の毒牙は、将軍本人とその嫡子にまで伸びてきたのだ。

秀忠と息子たちを亡き者にして、越前松平家や御三家などの、南朝の息のかからぬ若君を将軍に据え直す。武家政権に相応しい、生粋の武士を将軍として仰ぐ。

それこそが徳川家康の遺訓であり、本多正純の野望であったのだ。


秀忠は暗澹たる思いで座している。

道々外生人といえども人である。鬼でも畜生でも魔道使いでもない。

武士や農民が知らない知識と技能を習得しているだけなのだ。その技術力がいかに異様で、かつ、脅威に満ちていようとも、それは人間の持つ力なのだ。

――なにゆえ、こうまでして憎まねばならぬのだ。

彼らは闇の中に押し込まれていた。だから、もう一度闇の中に押し込まなければ収まりがつかない、世の中がまとまらない、とでも思っているのか。

なんとかしなければならない。それができるのは自分しかいない。

武士の頂点に立ちながら、道々外生人の血を引く秀忠にしか、日本国の光と闇の統合は果たせないのかもしれない。

秀忠は、下ノ間に控えた宗矩に視線を向けた。

「それで。正純をいかがせよ、と申すか」

「はは」

宗矩は袂を広げて一礼した。上目づかいの眼差しがギラリと光る。いかにも当代一流の剣客らしい眼光であった。

「まず、このままには捨て置けませぬ。御英断を賜りとうござる」

「英断とな」

秀忠は宗矩を見つめた。

宗矩は野心家である。今の身分は将軍家剣術指南役であるが、一介の剣術家で終わる男ではない、と目されている。

宗矩にとって正純は目の上のたんこぶ。倒さねばならぬ政敵なのだ。

宗矩の粘りつく視線から顔を背《そむ》けて、秀忠は庭に目を向けた。

正純を放置しておけないことはわかりきっている。だが、正純は旗本八万騎の輿望《よぼう》をになっていた。なんといっても筆頭年寄なのである。

正純と徳川南朝勢力との暗闘を知る大名、旗本たちは少ないが、それを知る者は、ほぼ全員が正純を支持している。

三河武士たちは、我らこそが槍一筋で神君家康公を支え、将軍にまで担ぎ上げたと自負している。それゆえに南朝遺臣を快く思っていない。

三河武士団が命を懸けて家康を天下様に押し上げたのに、天下の経営者になった家康に必要とされていたのは、三河の武辺者ではなく、さまざまな知識を持った南朝遺臣のほうだった。

三河武士らは、自分たちを差し置いて出世を果たす南朝遺臣らを苦々しく見つめていた。

それゆえ、唯一南朝遺臣らに対抗できる知謀をもった本多正純は、まさに三河武士たちの心のよすがであったのだ。

「今、正純を討つのは拙《まず》いぞ」

秀忠はボツリと口にした。

万が一、三河武士団が自分ではなく、正純を支持するようなことになったら一大事だ。正純は尾張の義直《よしなお》あたりを担ぎ上げて戦を仕掛けてくるだろう。

戦は生き物だ。どう転がっていくかわからない。そして将軍秀忠には、戦という猛獣を飼い馴らすだけの力量がなかった。

なにしろ秀忠は戦下手である。天下分け目の関ヶ原合戦に遅刻してしまうほどの凡将なのだ。

――軽々に動いてはなるまい。

と、秀忠は自分に言い聞かせた。自ら乱世を招くような失態は犯せない。

秀忠はチラリと宗矩に目を向ける。

宗矩に限らず、正純を失脚させたい、とか、いま正純が占めている地位を奪いたい、と思っている幕臣は多い。

しかし、彼らの野心にうかうかと乗って、結果、徳川家を分裂させ、天下の覇権を失うことになったら本末転倒だ。

だが。

それでもやはり、本多正純を放置しておくわけにはいかないのだ。堂々巡りで頭の痛い問題である。

と、そのとき。

「申し上げます」

畳廊下から小姓の声がした。

「なんじゃ」

「最上義俊《もがみよしとし》様、ご帰国のご挨拶にお越しでございまする」

秀忠は、ハタと膝を打った。

「左様であったな。通せ」

障子越しにゾロゾロと人影が映った。正面の襖が小姓によって開け放たれる。幕府年寄（老中）の酒井雅楽頭忠世《さかいうたのかみただよ》と土井大炊頭利勝《どいおおいのかみとしかつ》が入ってきた。座をずらして道を開け、平伏した柳生宗矩の前をズカズカと通り、書院二ノ間に着座した。

有力大名、最上義俊との対面の席だ。幕府側もそれなりの威儀を整えねばならない。それゆえ年寄二人がやってきたのだった。

秀忠は、居心地の悪い思いに囚《とら》われている。この老臣二人には頭が上がらない。なんとも煙たい相手なのである。

なぜならこの年寄二人は徳川家康の隠し子、すなわち秀忠の兄なのだ。土井家や酒井雅楽頭家の家系図には、はっきりとそう書き残されている。

傍証もある。家康は次男の秀康を家臣の本多重次《しげつぐ》に与えた。「お前の子として育てよ」と明言している。

家康は、本多重次にしたのと同じことを、土井家や酒井家にもしたのであろう。

重次は「若君が可哀相だ」と思い、秀康を徳川家に返したが、土井家や酒井家は自分の子として育てたのだ。

家臣の家に子供を放り込み、育てさせ、乗っ取ってしまおうという、家康の深慮遠謀である。

家康の陰謀は実を結び、酒井忠世と土井利勝は徳川家の柱石として辣腕を振るい、弟の将軍秀忠を支えている。それが秀忠にとって幸せかどうかは別にして、徳川幕府の繁栄に寄与していたことは事実であった。

その二人がドッカと腰を下ろした。

本来ならこの場には本多正純が控えているはずである。

外様大名家はそれぞれに幕閣の担当者が決められていて、彼らの指示を仰ぐことになっている。『取次《とりつぎ》』という制度である。

大名家は取次役を通して幕府と将軍の内意を知る。

一方の将軍は、取次役の助言を受けながら大名家と対話するのだ。

最上の取次は本多正純であった――のだが、正純は宇都宮城に逼塞《ひっそく》している。ほとんど失脚したも同然のありさまだ。

それゆえ、熟練の老臣二人が膝を揃えて、わざわざ対面の場に乗り込んできた、ということであるらしかった。

秀忠と幕閣が待ち受ける中、出羽山形五十七万石の大大名、最上義俊が粛々と足を運んできた。

武家の礼服である大紋姿。スラリと背筋の伸びた立ち姿は天人のように美しい。

色白で細面、烏帽子を折り目正しく被っている。キリッと細い眉の下に切れ長の双眸が輝いている。いかにも涼やかで聡明な眼差しだ。

鼻筋は細く、唇も薄い。髭はまだ産毛すら生えていないのか、鼻の下も顎もツルリとなめらかであった。

義俊この年十七歳。平家の公達《きんだち》、維盛《つなもり》もかくや、と思わせる美貌の若武者である。

「上様にはご機嫌麗しゅう。義俊、恐悦しごくに存じ上げ奉ります る」

顔だちに違《たが》わぬ美声で挨拶をよこしてきた。

秀忠は「うむ」と満足そうに頷いた。

「最上殿にもご壮健なご様子、なによりのことと喜んでおる。江戸を離れて御国元に戻られる由、……ふむ。江戸も寂しくなることよ」

いつになく、軽口など叩く秀忠である。

義俊も優美な笑みを浮かべて応えた。

「それがしとて、上様のお膝元が恋しゅうございまする。いつまでも上様のお側に侍りまいらせれば、どれほど心強いことか、と、思いまする」

余の大名が口にしたなら見え透いた世辞にしか聞こえぬ物言いだが、義俊の場合はあながち空言《そらごと》とも言い切れない。

事情がある。義俊の実父にして、先代の最上家当主・家親《いえちか》は、徳川家康の小姓として徳川家に近仕していた。最上家から徳川家に差し出された人質であったのだが、その才気を見込んだ家康によって近習《きんじゅ》に取り立てられたのだ。

紆余曲折あって、その家親が最上家当主になった。

が、それは予期せぬ事件の結果でもあったのだ。

その事件が起こらなければ、家親・義俊親子は徳川の旗本として生を終えるはずだった。彼らの生活の場はこの江戸城であったはずだ。

かつては旗本であったがゆえに、秀忠は義俊を子供の頃から見知っている。義俊が秀忠に懐《なつ》いているのは嘘ではない。

「ですが上様」

義俊は決然と表情を改めた。

「この義俊、いささか国元に難儀を抱えておりまするゆえ、急ぎ、立ち戻らねばなりませぬ。しばしのお暇《いとま》をお許しいただきとうございまする」

「ほう、難儀とな」

秀忠は妙に人のよいところがある。そしてこの将軍は、近臣に心を許しすぎるきらいがあった。

「いかなることかな？　余に、力になれることはあるか」

「はは。ありがたきお言葉。身に沁みまする。それがし、最上に立ち返りまして、国元をつらつら眺めまするに、そのあまりの因習姑息ぶりに驚き入りましてございます」

「ほう」

義俊はよほどに憤慨していたのか、唇を尖らせた。

「最上五十七万石、さながら山賊の砦でございまする」

その瞬間、なぜか土井利勝と酒井忠世が苦笑した。酒井忠世などは『得たり』とばかりに膝を扇子で叩いている。

彼らは、徳川家の老臣として大名家家臣とのつきあいがある。彼らの目から見ても、最上家の家臣は山賊の手下のごとき印象であったようだ。

「ふぅむ……」

秀忠も俄《にわか》に考え込んだ。元和偃武とは申せ、いまだ各地の大名家には戦国の遺風を残したサムライたちがひしめいている。『力こそ正義』の題目を掲げ、その題目どおりの生き様を見せて憚《はばか》らない。

その荒々しさで戦国時代を駆け抜け、生き抜いてきた。さらには主家を押し立てて、大大名に担ぎ上げてやったのだ、という自負も持っている。

秀忠や義俊のようなポスト戦国世代の若君様たちにとって、これほど煙たい相手はいない。

たしかに自分たちの今があるのは、勇猛な古参家臣らの奮戦のおかげである。だが、この種の手合いというものは、甘い顔を見せればどこまでもつけあがる。何をしでかすかわからない。なにしろ『力が正義』なのだ。理屈も道徳も通用しない。

秀忠のように偃武（日本国の恒久平和）を目指す者にとって、戦国の生き残りの老人たちは最大の障害でもあった。

義俊はズイッと膝を滑らせて身を乗り出してきた。

「この義俊、東照神君様ならびに上様のお膝元にて育ち、徳川家の風儀をこの目に見ながら育った者にござりまする。徳川家は上に立つお方から下々の役人にいたるまで、皆それぞれに刻苦勉励、身分に応じた務めを果たしておられる」

要するに、官僚制度の萌芽が見える、ということだ。

が、実際はそうでもない。徳川幕府が名実ともに官僚制に移行するのは五代綱吉《つなよし》の時代であり、綱吉はその改革を断行したがゆえに、あることないこと悪口を言われ、今日にいたるまで『犬公方《くぼう》』などという人権無視の綽名で罵《ののし》られるはめに陥った。

とは言うものの、秀忠当時の徳川家でさえ、かなりの先進性をもっていたのは事実である。そうでなければ四百万石の天領と幕府を支配することはできない。

幕府の旗本として育ち、徳川家の政治機構を目の当たりにして育った義俊の目には、最上家の家風、政治は、あまりにも中世的に思えてならなかったのだ。

「義俊、みごと最上家の旧弊を打ち砕き、徳川家の藩屏たるに足る、新しき最上家に家風を革《あらた》める覚悟にございまする！」

中世的な戦国大名から近世的な大名家への脱皮である。この時代の大名家が等しく抱えていた難題であった。

「うむ！」

秀忠は、最上家の若き当主の覚悟のほどに満足した。

元旗本が継いだ時点で、最上家は外様の大名ではない。と、秀忠は思っている。譜代に準ずる扱いであっていいだろう。

その準譜代が、将軍家にとって扱いやすい体制になってくれるのはありがたい。

しかも最上家は室町将軍・足利家の分家なのだ。ありていに言えば、徳川家より遥かに高貴な名門である。

その素晴らしき名門が幕臣として仕えている。秀忠のために改革を断行してくれるという。秀忠の自尊心を満たすのに十分であった。

秀忠は莞爾《かんじ》と微笑《ほほえ》んだ。

「最上殿、貴殿の手によって最上家の家風が革められること、この秀忠も切に願うぞ。最上殿の改革は、この将軍の意に沿うものである、と、御家中に伝えられるがよろしかろう」

「ハハーッ！」

最上義俊は深々と一礼した。

将軍直々の言質《げんち》を得られたのだ。これによって多少程度、家中が混乱したとしても、幕府は黙認するであろう。重臣の二、三人を討ち取ったとしても『産みの苦しみ』であると了承して、見て見ぬふりをしてもらえるに違いなかった。

秀忠も満足そうに笑みを浮かべ、若き大名を頼もしげに見た。

「最上家は出羽奥州の要石《かなめいし》。出羽、陸奥の押さえ、しっかりと頼み入りましたぞ」

「ありがたきお言葉。この義俊、粉骨砕身、励みまする」

最上義俊は感涙に咽《むせ》びながら退出していった。

## 二

その日の夜——。

江戸市中には月もなく、漆黒の闇に閉ざされていた。

八丁堀入り船は江戸湾に突き出した防波堤である。

江戸に物資を運び込む船は、この防波堤に守られて掘割へと進む。江戸じゅうに張りめぐらされた水路を通って、各所の河岸に荷揚げをしていた。

入り船の出口には御船手奉行・向井将監《しょうげん》の役宅がある。海から江戸に出入りする物資と人間に監視の目を光らせていた。

その八丁堀近辺は、この頃はまだ低湿地帯である。人が住むのには適していなかったため、寺院に下げ渡されて寺町を形成させていた。大小六十もの寺院が軒を並べて読経の声を競っていた。

深夜、陸奥国仙台五十八万石の太守、伊達《だて》政宗《まさむね》が、日比谷御門前の上屋敷から船に乗り、比丘尼橋《びくに》、京橋、白魚橋の下をくぐって八丁堀にやってきた。

八丁堀の河岸には馬子が轡《くつわ》を取って待っていた。一目で奥州産とわかる見事な体高の肥馬を曳《ひ》いている。

政宗は身軽な足どりで河岸に上がり、さらに軽々と鞍に跨《またが》って馬上の人となった。馬の背後を固めるようにして屈強な男どもが集まってくる。粗末な身なりでほっかむりをしているが、揃って黒い脛衣《はばき》を脚に巻いていた。

政宗と一行は、とある寺院の山門をくぐると、ひとつの塔頭《たっちゅう》に向かった。政宗の到来に気づいたのか、白い帽子《もうす》をつけた尼僧が密やかに一礼をよこしてきた。

政宗は馬から下り、ズカズカと階《きざはし》を昇ると塔頭寺院に踏み込んだ。紫煙に包まれた須弥壇《しゅみだん》の前に腰を下ろした。

ややあって、奥の蔀戸《しとみど》が開き、一人の尼僧が静々と足を運んできた。やはり白絹の帽子で頭を隠しているが、なにより不気味であることに、その尼僧は貌《かお》の上半分を舞楽の面で隠していた。

政宗は両腕を開いて袂を広げ、威儀を正すと尼僧に深々と頭を下げた。

「宝台院様にはご機嫌麗しゅう、政宗、恐悦至極に存じ上げ奉りまする」

舞楽面の女――宝台院は、面の穴越しに視線を向けてきた。

もっとも、宝台院は若くして目を患い、盲人同然であったという。政宗の姿をしかと捉えているのかどうかは疑わしい。

「この深夜にわざわざの微行、ご苦労であった。欣快に堪えませぬぞ、仙台宰相殿」

「はは」

政宗は隻眼をチラリと上げて、宝台院の口元を見た。

真っ赤に朱が塗られている。ヌメヌメと照り輝いて見えた。

家康の愛妾の中でも容貌随一と謳《うた》われた美女である。舞楽面から覗いた唇にも妖しい色香が残っている。とてものこと、秀忠を産んだ女性《にょしょう》とは思えない。秀忠は四十三歳、その母親ならばとうに六十を過ぎているはずなのだ。

「妾《わらわ》とそなたの間柄じゃ。堅苦しい挨拶は抜きといたそうぞ」

宝台院は、三十代としか思えぬ艶かしい美声で挨拶を打ち切った。

「越前忠直めの息の根を止めること、しくじったようじゃ」

須弥壇の前に立った宝台院から、憎々しげな声が降ってきた。政宗は板の間に拝跪《はいき》したまま答えた。

「しくじったようだ、とは？」

「妾の手の者ども、ただの一人も復命してこぬ。一人残らず討ち取られたか、海の藻屑と消え果てたか」

政宗は、隻眼を顰《ひそ》めてわずかのあいだ黙考した。

「……その夜は嵐であったそうにございまするな。宝台院様が選びし強者《つわもの》、そうやすやすと討ち取られるとも思えませぬ。おおかた、大波にでも飲まれて、船ごと沈んだのではござりますまいか」

「左様じゃな」

宝台院も、我が手の者が一人残らず倒されたとは、思っていない。相手はたかだか豊後府内藩二万石である。名軍師・竹中半兵衛の親族とはいえ、重義にさほどの知謀はない。

「いずれにせよ、忠直めが豊後府内に囲われたことは事実じゃ。無念であるのぅ」

由緒ある大名家の監視下に入った忠直を暗殺するのは難しい。むろん、宝台院配下の手練《てだれ》を使えば暗殺も不可能ではないが、それが原因で起こる騒擾《そうじょう》の対処が面倒だった。

政宗はニヤリと笑って答えた。

「もはや忠直は駕籠の中の鳥。越前松平家も忠直の弟が継ぐとは申せ、しばらくは身動き叶いますまい」

忠直が秀忠に取って代わって将軍職に就くことは不可能になった。不満足な成り行きとはいえ、結果だけ見れば、宝台院の望みは叶ったことになる。

一方の政宗にとっては、おのれの天下取りへの道が一歩開けたことになる。

徳川幕府を支える脇柱が一本折れたのだ。徳川幕府と全面対決になった場合に、伊達軍の前に立ちはだかったかもしれない越前家を無力化させたのである。

宝台院は手元の数珠をせわしなげに手繰《たぐ》っている。

「その越前でも、なにやら、故障が入ったようじゃの」

政宗も苦々《にがにが》しげに頷き返した。

「我が手の者からも、そのように聞き及んでおり申す」

越前北庄で、政宗の意を受けて暗躍していた忍び、屋代《やしろ》勘《か》解《げ》由《ゆ》景頼《かげより》からの報告を受けていた。

謎の男が出現し、政宗と宝台院の企図をことごとく打ち砕いた、という。宝台院配下のくノ一、おむには惨殺されている。女一人で武士の千人万人を手玉にとって自滅させると評された稀代の女忍者が、あっけなく討ち取られてしまったのだ。

「本多正純の手の者かもしれませぬなぁ」

政宗は呑気な口調で呟く。宝台院も「そうかもしれぬ」と呟いた。

宝台院の姓は西郷であり、西郷は肥後の菊池の分家である。菊池一族は南朝の一大勢力であると同時に、神代の昔よりつづく名族であった。

仇敵として立ちはだかった若者が、肥後の菊池の地において、皇子・菊池彦《キクチヒコ》として育てられた――と知ったなら、宝台院はどういう反応を示したであろうか。

「何者かは知らぬが……」

宝台院は言葉を切って、キリキリと歯嚙みの音を響かせた。

一方の政宗は頬にえくぼを刻ませて、つづけた。

「いずれ、討ち取らねばなりますまい」

このときの政宗には、まだ、微笑を浮かべるだけの余裕があったのである。

「さて、つづいて、本多正純殿の対処でござるが……」

「うむ、それよ」

宝台院も身を乗り出してきた。

この二人にとって正純の対処は切実である。律儀であるがゆえに小心な秀忠などより、よほど腹を据えてかかっていた。

政宗は厳《おごそ》かにつづけた。

「今こそ、最上家をお取り潰しになるべきときかと存じまする」

「最上を？」

「左様。最上を潰すことにご賛同いただけるならば、本多正純は我らが殺しまする」

「ほう。いかなる子細じゃ？　申せ」

話が飛ぶので、さすがの宝台院も政宗の思考についていけない。

「はは。正純は最上家の取次にございまする。最上家がお取り潰しと決まれば、城受け取りには本多正純本人がまいることとなりましょう」

「で、あろうな」

「しかし、その際、最上家の者どもが城引き渡しを拒んだらいかが相成りましょうや。あるいは本多正純、最上の手勢に取り囲まれて、あえなく討ち死に――ということになりかねませぬ。いかに？」

「さようなこともあろうかのぅ。……だが、最上家中の者どもが、おとなしゅう城を引き渡したら、なんとする。またしても正純めの手柄となろう」

「宝台院様」

「なんじゃ」

「城引き渡しに際しては、あらぬ暴挙が引き起こされぬよう、近隣の大名が手勢を率いて乗り込みまする」

城の周囲に駐屯し、いつでも城攻めを開始できる態勢を誇示して、城方を牽制するのである。

「愚考いたすに、そのお役目は最上の隣国、伊達家に発せられましょう」

「左様じゃな」

「さすれば、城受け取りに際して、城方が暴挙を起こすか起こさぬかは、この政宗の胸先三寸」

「なるほど！」

宝台院は政宗の意図を即座に理解した。

最上家中が何もしなくても、『何事か起こった』ことにして、伊達軍を動かしてしまえばいいのである。伊達軍の自作自演で最上の城下を荒らしまくり、その渦中で、本多正純を暗殺する。

「最上はいずれ潰れる家。正純暗殺の濡れ衣を被せられても抗弁をする手段を持ちませぬ。この政宗が『正純殿は最上の手勢に討たれた』と言上し、上様が了となされば、それですべてが片づきましょう」

「ククク」と、宝台院が忍び笑いを漏らした。

「政宗。そのほう、恐ろしい男よなぁ」

「畏《おそ》れ入りまする」

政宗は否定も謙遜もせずに真っ正面から平伏した。

「それほどまでに最上が憎いか」

「はて？」

宝台院の問いかけに、政宗は恍《とぼ》けた顔つきで小首をひねった。

宝台院は失笑した。

「最上家はそのほうの生母の実家なれど、常に伊達家に仇をなしてきた家じゃ。最上義光《よしあき》はそのほうにとっては伯父なれど、生涯の仇敵であったではないか」

「こーれはしたり」

政宗は、道化じみた仕種《しぐさ》と表情で、わざとらしく身を震わせた。

「この政宗が、私怨で最上家を潰すよう、進言つかまつったとのお考えでござるか」

「違うのか」

「畏れながら、お心得違いにございまする。――とくとお考えくだされ、最上家がいかなる家であるのかを」

「どういうことじゃ」

政宗は、一瞬にして顔を厳《いか》めしく引き締めさせた。

「最上家は、斯波《しば》家の傍流。北朝の武家、足利家の一門にござるぞ」

「ふむ……。左様であったな」

宝台院は、一瞬、考え込むようにして言葉を途絶えさせた。

伊達家は、南北朝の混乱期に、南朝の皇子、義良《のりよし》親王によって引き立てられた武家である。

一方、最上家は、北朝を担いで天下を取った足利将軍の分家、斯波家の流れを受けていた。

室町幕府の全盛期には、斯波家も大いに栄えたが、戦国の混乱で本家はほとんど絶家の状態になった。そんな中で、傍流の最上家だけが五十七万石もの大封を領している。武士の権威は実力次第であるから、今や本家を差し置いて、斯波家嫡流と見なされていた。

足利一門でこれほどの領地を保持しているのは最上家だけだ。南朝側にとってはそれだけでも許しがたい存在に成り上がっていた。

「最上家の始末、いかに」

政宗が隻眼に力を込めて、宝台院に決断を迫った。

「よかろう」

宝台院も決然として頷いた。

「正純もろとも最上を取り潰してくれようぞ」

政宗は微笑を浮かべたまま、上目づかいに宝台院を見つめた。

「最上家断絶の砌《みぎり》には、『東照神君様のお墨付き』の件、なにとぞお忘れなく」

宝台院は、表情を一変させた。

「わかっておる」

半ば呆れ顔で応えた。

政宗の言う『東照神君様のお墨付き』とは、関ヶ原の合戦の折、家康と政宗のあいだで交わされた、『徳川の味方につけば百万石をくれてやる』という、約束を意味している。

だが、結局、その約束が果たされることはなかった。政宗のような野心家に百万石もの領土を与えたら、それを元手に天下を奪いにくることは目に見えていたからだ。

政宗は今、五十八万石を領している。最上五十七万石を潰させて、その遺領から四十二万石分を頂戴することで、約束の百万石を果たしてもらおうと考えていた。

約束を取りつけた政宗は、傍目には満足そうに、肩を揺らして去っていった。

持仏堂に宝台院だけが残された。背後の御簾《みす》越しに灯火が燈って、黒々とした男の影が浮かび上がった。

「南帝陛下」

宝台院が拝礼する。

黒い影は、しばらく思案するように無言であったが、やがて、嗄《しわが》れた老人の声音が聞こえてきた。

「せせこましい男よな、政宗」

「ははッ、いささか呆れ果てまする」

「今さら百万石がなんであろう。我ら南朝の再興がなれば、日本国は切り取り勝手。いかようにも褒美を取らせようものを」

なにやら、クチャクチャと唇を鳴らす音をたててから、つづけた。

「わずかな領地に何十年もこだわりつづけおって。……強欲なのやら寡欲なのやら、さっぱりわからぬわ」

宝台院は拝跪しながら言上した。

「あの者の悪知恵は役に立ちまする。……しかしながら、あの奸雄に大封を下賜なされるのは、いささか考えものかと」

「南朝の再興の成ったのち、あの者が邪魔になると申すか」

「御意。あの者の野心と策謀好きは、一種の病にございまする」

黒い影は暫時《ざんじ》、黙考したのちにつづけた。

「まあよい。『毒を以て毒を制す』じゃ。毒を飼い馴らせぬ者に天下は取れぬ。宝台院よ、政宗の手綱、しっかと握っておくがよい」

灯火が消えると同時に、黒い影の気配も消えた。

三

同じ時刻――。

土井利勝の江戸屋敷に深夜微行してきた一団があった。

体軀が大柄で、衣装もきらびやかな老人たちである。筋骨が隆々として眼光が鋭い。手足に古傷をいくつも刻んでいる。身体に障害を残している者も見受けられたが、不自由な身体をものともせず、勢いよく歩く。一目で戦国往来の古強者たちであると知れた。

髪の色も肌の色も白く、鼻が高々と秀でている。揃いも揃って異相である。

対応のため、土井家の若侍が折り目正しく式台に膝をついている。彼の目に老人たちの姿は、山から下りてきた天狗様ご一行のように映っていた。

「大炊殿はご在宅か。最上の鮭延越前《さけのぶえちぜん》だ」

尊大な口調で名乗った。戦場で雄叫《おたけ》びしながら生きてきた者特有の声音である。破《わ》れ鐘のように錆びついた大声があたり一面に響きわたった。

この深夜に迷惑な――と思いつつも顔には出さず、若侍は天狗様ご一行を奥の座敷へ案内した。

座敷一杯に老人たちが座った。

老人たちは必要なことしか口にしない。主語や述語を省略する。「茶」だの「廁《かわや》」だの、ぶつぎれに単語だけを口にしたりする。

有能な若侍は、すぐ、その理由に気づいた。

老人たちには酷い訛《なま》りがある。長々と喋られたら何を言わんとしているのか理解できないであろう。老人たちもそのことを理解している。ゆえに、きわめて短い単語しか口にしないのだ。

やがて、主の利勝がやってきた。老人たちは、意外な礼儀正しさで拝跪した。利勝は床を背にして尊大に腰を下ろした。

鮭延越前がゴニョゴニョと挨拶をよこしてきた。ずいぶんと古風な言い回しである。怜悧な利勝でさえ理解するのに苦労させられた。

だが。

さすがは徳川家の智嚢と呼ばれる才人である。役目柄、全国の大名家とのつきあいもある。この天狗たちとの密談も数度目だ。何度か会話をしているうちに、彼らの訛りを聞き取ることができるようになっていた。

また、この時代には『謡《うたい》』という共通言語がある。「たかさごや〜」というあれである。

謡いつつ踊る幸若舞《こうわかまい》も流行《はや》っていた。信長が愛した「人間五十年〜」というあれだ。あるいは平家物語など、方言を排した口承文学もある。

それらの口承文学を聞き取ったり、謡ったりできる者であれば、意思の疎通はできる。それゆえ武士たちは、暇さえあれば謡を口ずさんでいた。

謡が大ブームを起こすのは幕末である。

勤皇の志士たちも、会津藩士も新撰組も、謡を口ずさみながら京の町を闊歩したが、べつに粋人を気取っていたわけではない。他国者と会話するため絶対に必要となるので、必死に勉強・暗唱していたのだ。


「今日の昼間、最上殿が殿中に、暇乞《いとまご》いにやってきた」

利勝が告げると、老人たちが一斉に反応した。

「しかして、公方様は、なんと仰せられたか？」

「うむ。上様におかれては、最上殿の新儀（改革）をよしとなされた」

「これはしたり……！」

老人たちは顔を見合わせてザワザワと私語を漏らした。普段の方言に戻っている。何を言い合っているのか、利勝には理解できない。

もっとも、襖の向こうには出羽出身の小者が控えていて、老人たちの言葉をすべて書き留めている。あとでそれを読めばいい。

利勝は老人たちのあいだに、十分に動揺が広まるのを待った。そして、ようやく口を開いた。

「上様のご内諾を受けたからには、最上殿は、新儀を押し通すつもりでござろう」

「それは……！」

「最上五十七万石、義俊殿の一存に任され、貴殿らの立つ瀬はなくなる、ということじゃな」

またしても老人たちがざわつきはじめる。早くも頭に血を昇らせている。戦場育ちの老人たちだけに声が大きい。怒鳴り合いの喧嘩が始まったかのごとくである。

「下僕のように、あの若造に頭を下げて生きろということか」

「このようなことになるのなら、光禅寺《こうぜんじ》殿に与《くみ》するのではなかったわ！」

「我らとて万石取りの大身！　堂々たる大名ぞ！　それをあの若造めが……」

などということを、方言で叫びたてていた。

ちなみに、光禅寺殿とは最上義光の法名である。

「お静まりあれ」

利勝が声をかけると、ようやく私語は収まったものの、無論、納得はしかねている。

鮭延越前がズイッと膝を進めてきた。

「このような次第となったからには、我らにも意地というものがあり申す」

「いかがなされるおつもりか」

「かくなるうえは、あの若造を一刺しにして、冥土の土産に一暴れいたす所存」

「それは、あまりに無体な」

「なんの、この越前、ここまで生きたのが儲け物。命などとうに捨てておる。たしかに私闘は天下の御法度《ごはっと》。義俊めを討てば、ほかならぬ上様が兵を率いてまいらせましょう。だが、このままおめおめと恥辱に堪えるくらいなら、いっそ天下の大軍相手に大暴れしたほうがましというもの！　大炊頭殿もご覧あれ！　この越前、見事、死に花を咲かせてくれましょうぞ！」

今にも槍をおっ取って一暴れしはじめそうな勢いだ。顔面は血が昇って真っ赤である。横鬢に撫でつけた白髪の先が逆立っていた。

「まぁ、待たれよ」

利勝は片手で制した。それから暫し黙考した。

利勝の落ち着きぶりに、老人たちのほうが年甲斐もなくイライラさせられている。膝を立てたり座り直したりした。実に血気盛んである。

利勝がようやく、口を開いた。

「そこまでのお覚悟がおありなら、この利勝、一肌も二肌もお脱ぎいたそう」

「と、仰《おつしや》ると」

「うむ……。上様は天下の大乱を望んではおられぬ。まして最上家は五十七万石の大大名。出羽探題の名門でござるゆえ」

「それでは？」

「我らも武士でござるから、ご貴殿らのご無念はよくわかる。痛いほどわかり申す。今日の最上家があるは、ご貴殿らのお働きがあってのこと。今日の日本国の偃武があるは、ご貴殿らのお骨折りのおかげ。我ら幕閣一同も、各大名家にお仕えする重臣の皆々様には、日々、感謝と敬意を捧げておる次第」

「おお……‼」

老人たちが背筋を伸ばして破顔した。

「このようにありがたきお言葉、ここ数年、絶えて聞かざらんだわ！　皆々わしらを年寄扱い、邪魔者扱いしおって」

「さすがは公方様の御側近じゃ！　世の道理が見えておられる！」

よほど単純な性格なのか、頭から感動しまくっている。

利勝はドンと我が胸を叩いた。

「出羽の方々！　この利勝にお任せあれ。最上殿が無理無体を押し通すと申されるのであれば、我ら幕閣一同が、ご貴殿らの支えとなりましょう」

「おお！　そのお言葉、まことにござるか」

「いかにも」

「しかし大炊頭殿、上様は、義俊めの新儀を嘉《よみ》なされたのではござるまいか」

将軍本人が義俊の改革を支援している以上、幕閣が義俊と敵対できるとは思えない。

利勝は、うむ、と、大きく頷いた。

「実を申せば上様は、出羽の国に乱れが起こることを望んではおられぬ」

「左様でござるか」

「考えてもござれ。最上領の南には上杉、北には佐竹、東には伊達の領地が広がっておる。皆々、徳川に仇なした外様の大大名ばかりじゃ。それら猛獣のごときやつばらを押さえておるのは最上家五十七万石」

「いかにも！　出羽奥州の平安は、我らがおればこそじゃ！」

「ここまで我らをお認めくださっておられたとは！」

「さすがは天下の公方様じゃのう。ありがたいことじゃ」

ウンウンと老人たちは頷きあった。

「義俊殿の新儀の意義はそれとして、義俊殿が出羽の国を破るようなことがあれば、上様は義俊殿をお見限りになられ、ご貴殿らの支持に回るは必定。……それ以外に出羽奥州を治める方策はござらぬのだ。否も応もござらぬ」

「言われてみれば、そのとおりじゃ！」

利勝は莞爾《かんじ》と微笑んだ。下膨れの頬が頼もしそうに揺れた。

「ゆえに、お心を安んじられるがよろしかろう。義俊殿とご貴殿らの喧嘩出入りとなろうとも、我ら幕府が義俊殿を支援することは金輪際、ござらぬ」

「おお！　なんとありがたきお言葉じゃ！」

「大炊殿を頼んだ甲斐がござったわい！」

「今後ともご助力をお願い申す！」

老人たちは感涙に咽びながら去って行った。

騒々しい一団が辞去して、土井邸はようやく、深夜らしい静けさを取り戻した。

「どうじゃな？」

利勝は脇に控えた近臣に訊ねた。

近臣は「ははっ」と一礼して答えた。

「まずまず、これで最上家の内乱は避けえぬところかと」

「あの老人ども、我らの思惑どおりに暴れてくれるかのぅ」

「あの様子なれば、間違いなく」

「うむ」

「最上家五十七万石、いささか封土が大きすぎまする。目付どもの調べによりますれば、最上川沿いには広大な平野が広がり、開墾可能な原野は測りきれぬほどとか。捨て置きますれば実高が百万石を超えるのは間違いない、とも」

「いかにも危うい」

巨大すぎる大名を放置しておけば、いずれ騒乱の火種となる。室町幕府という悪しき先例がある。大名家の統制にしくじったからこそ、室町幕府は戦国時代を招いてしまったのだ。

――そのようなことがあってはならぬ。大名家は取り潰すにかぎるのじゃ。

土井利勝もまた、元和偃武を永続たらしめんと願っている者の一人だ。そのためには、どうあっても、有力大名たちを潰していかねばならないのである。徳川家だけが超絶的な力を持って天下を押さえ込む。それ以外の方法で日本国の平和を維持できるとは思えなかった。

この天下の偉才、土井利勝が知恵を絞って考え抜いた結論がそれなのだ。ゆえに利勝は、おのれの行動に一片の疑義も抱いてはいなかった。

――最上は潰す。潰さねばならぬ。

利勝は、冷たくなった茶碗に手を伸ばした。

奥州、出羽には、外様の雄藩が居並んでいる。幕府にとっては敵国の集まる塞外《さいがい》であった。

無論、幕府も手をこまねいてはいない。関ヶ原合戦で徳川家に敵対した上杉と佐竹は当然のこと、向背の常に定まらぬ伊達家に対する警戒も厳重だ。天下普請の大工事に駆りたてては、藩庫を空《から》にさせている。有名な外様大名イジメである。

さしもの大藩も青息吐息で、徳川に楯突く気力も軍資金も残っていない。

だが。そんな中で、最上家だけが勢力を扶植させている。

奥州出羽の要石であるからだ。義俊に対する秀忠の信頼はそこまで厚い。

——そんなことを許してはならぬ！

いかに家康の近習だったとはいえ、やはり外様の大名なのだ。飼い猫のつもりで育てても、虎の子は虎に育つのである。

最上の力で出羽奥州を押さえることなどあってはならない。放置しておけば最上家は、出羽奥州を支配する『将軍』となってしまう。

利勝は下座に控えた側近に、冷たい目を向けて命令した。

「もっともっと、最上義俊と家臣どもの対立を煽《あお》るのじゃ。最上一国をひっくり返す。ゆめゆめ手抜かりいたすなよ」

側近は、ハハッと答えて下がっていった。

しかし利勝は、渋面をさらに曇らせた。

――だが、最上の騒動に際して、あの伊達政宗がいかに動くか、それだけが気がかりじゃ……。

伊達政宗の生母・保春院《ほしゅんいん》は最上家から輿入れしてきた女性《にょしょう》である。もし政宗が最上家に与《くみ》するようなことになれば、それこそ奥陸出羽の全域を巻き込む大戦争に発展する。

――伊達の動きから目を離すことはできぬな。

まさか、その伊達政宗までもが最上家潰しに動きだしていようとは。さしもの俊才、土井利勝の智嚢をもってしても、測りかねるところであった。

## 四

翌日はよく晴れ渡っていた。天守閣から遥かに富士の霊峰が見える。東を見やれば筑波《つくば》山、北に視線を向ければ徳川家の守護神たる日光連山が望めた。

「おお、あれを見よ」

秀忠は浅草橋に目を向けている。

奥州道中を下っていく最上家の大名行列が見えた。

土井利勝も視線を向けている。主従はそれぞれ、別の思いを胸に抱いて、最上義俊を見送った。

# 第三章　山ノ道

## 一

最上義俊は意気揚々として、帰国の旅路を楽しんでいる。

なにしろまだ十七歳だ。見るもの聞くものすべてが新鮮である。

奥州街道は下野《しもつけ》国宇都宮まで日光道中と同じ道を辿る。秀忠暗殺未遂事件の余燼も醒めやらぬ宇都宮城を横目に見ながら北上した。

宇都宮城の城主は本多正純である。

本多正純は最上家の取次役であり、幕府の筆頭老中でもある。当然、義俊は宇都宮城の正純を訪問し、機嫌伺いなどしようと考えていた。

が、世馴れた老臣たちに反対された。

本多正純が政治的な窮地に追い詰められているらしい、失脚もありうるのではないか——という風聞は、地方大名の家臣らの耳にも達していた。うっかりと親密な様子など見せて、痛くもない腹を探られてはたまらない。最上家中は皆ひきつった顔つきで宇都宮の追分を通過した。

陸奥という国名は、その名のとおりに『陸の奥地』を意味している。金や銅など産物の豊かな国で、平安の昔から大街道が整備されていた。

奥州街道を北上した最上家中は、桑折《こおり》の追分で奥州街道に別れを告げた。ちなみに、このまま北上しつづければ、伊達政宗の仙台に至る。

桑折から西に進路を取った一行は、七ケ宿《しちがじゆく》街道を通って金山峠を越えた。峠を下ればそこは上山《かみのやま》城下。最上家の領土である。

最上家中は皆一様に、ホッとした表情を見せた。

まだまだ戦国の遺風の漂う時代である。大坂の陣はほんの七年前の話なのだ。武家諸法度で大名同士の私闘が禁じられているとはいえ、どこに跳ねっ返り者が潜んでいるか知れたものではない。いつなんどき、義俊めがけて騎馬の一群が突進してくるかもわからなかった。

緊張に身をこわばらせ、冷や汗を流しながら旅をしてきて、ようやく我が領地に帰りついたのだ。大将も士卒も足軽も、一様に笑みを浮かべていた。

上山城には、上山兵部《ひょうぶ》光廣《あきひろ》が二万一千石、与力四十二騎とともに封じられている。

上山兵部は最上義光の五男である。義俊にとっては叔父にあたるところで。

最上義光は慶長十九年（一六一四）に六十九歳の生涯を閉じたが、その直前まで現役当主であり、最上家の家政はすべて、義光を中心にして組まれていた。

義光は最上家中興の祖であり、最上家を五十七万石の大大名にしてのけた英雄だ。強烈な個性を持つ独裁者でもあった。

ゆえに、この家の武士たちはすべて、『義光の○○』という言葉で紹介されることとなる。すべては義光を中心にして回っていた。と、そういう家であったからだ。

その義光の五男、上山兵部であるが、彼はなかなかの戦上手で、父親譲りの梟雄《きょうゆう》でもある。

上山領のすぐ南には上杉景勝の領地が広がっている。最上家にとっては宿敵といえる大名家である。

つまり兵部は、亡き義光から国境《くにざかい》の守りを託されていたわけだ。

急峻な峠道を苦労して下っていると、兵部が親しげに笑みを浮かべながら、義俊の乗物（駕籠）に駒を寄せてきた。

義俊は乗物の扉を開けた。家臣とはいえ叔父である。おろそかにはできない。

もっとも義俊は、権高な親族衆を処分して、藩主の親政と官僚組織による新しき最上家を構築しようとしている。

そんな新当主の思惑を知ってか知らずか、兵部は実に機嫌がよさそうだ。

「殿よ、是非とも我が領地で一泊なされよ」

と、執拗に勧めてきた。

いつになく親密な様子に訝《いぶか》しさを感じつつ、義俊は白皙の貌容《かんばせ》を兵部に向けた。

「そこまで勧めるからには、兵部には、なんぞ趣向でも用意いたしおるのか」

すると兵部は得たりと笑って鎧の胸を叩いた。

「いかにも。我が領内には鶴脛《つるはぎ》温泉がござってな、湯屋など広げて、京より遊女《あそびめ》どもを招き寄せてござるわい。管弦に長《た》けた美女ばかりを揃え申したぞ。是非とも、ご堪能あれかし」

「ほう」

この髭面の武人のどこにそのような才覚が、と意外に思いつつも、まだ年若い義俊の心は動かされていた。

鶴脛温泉は長禄二年（一四五八）、怪我をした鶴が脛を湯につけて傷を癒していたという、奇瑞譚《きずいたん》によって発見された。この当時から高名な温泉郷である。

さらに上山城下には、東大寺の建立に尽力した高僧、行基《ぎょうき》が開祖の観音寺がある。これまた広く世に知られた古刹《こさつ》であった。

江戸での暮らしが長く、おのれの領地をよく知らぬ義俊にとっては、なんとも興味を惹かれる土地柄であったことは事実だ。

最上家の本城、山形城から二里半（一〇キロメートル）ほどの距離にある。わざわざ一泊するまでもないのだが、ほかならぬ叔父であり、重臣でもある兵部が歓迎してくれているのに、好意を踏みにじるのもよろしくない。――と、理屈をつけた。

「うむ。馳走に与《あず》かることといたそうか。よきにはからってくれ」

「殿……」

兵部は、義俊以上に満足げな笑みを浮かべて一礼し、馬首を返して去って行った。

今度は松根《まつね》備前《びぜんの》守《かみ》光廣《あきひろ》が馬を寄せてきた。

いきなり光廣が二人も出てきて紛《まぎ》らわしい。

松根備前守光廣は義光の甥にあたる。義俊にとっては数少ない腹心である。

松根備前は、前当主・家親の従兄弟だ。家親のご学友であり、家親が当主となったことで家老に取り立てられた。

家親が死去しても権勢は変わらず、そのまま義俊の家老となった。政《まつりごと》にも明るく、江戸の幕閣の覚えもめでたい。最上家を支える逸材だ。

松根城一万二千石を領している。彼もまた、親族衆の重鎮であった。

「殿、上山にお泊まりなされるおつもりか」

上山兵部との話を聞いていたのだろう、眉根を曇らせている。

「うむ。……いかぬか」

「いかぬ、というわけではござらぬが、……左様、供揃いはいかがいたしましょう」

参勤交代という制度が確立するのは三代将軍家光の代だが、実質それに準ずる行列を率いての帰国である。

松根は馬上で振り返り、峠道に長々とつづく行列に目を向けた。

「このように多勢で押しかけますると、いかに兵部殿とて、ちと、扱いに困るのではないかと存じまするが」

困るのは兵部だけではないだろう。

これら行列の者どもの身になって考えれば、山形城に帰着すれば解散となり、自分の屋敷や長屋に帰れるのに、山形城を間近に見ながら一泊するのは哀れである。鶴脛温泉郷に家臣全員を収容できる宿があるとも思えない。宿がなければ野宿である。ほんの目と鼻の距離に自分の家を眺めながらの野宿では、家来たちの腹の虫もおさまるまい。

というように、松根備前は言葉を選んで諫言《かんげん》した。

余の者であれば、義俊はたちまち美貌をしかめさせ、臍を曲げてしまうであろうが、松根備前は義俊の最も親しい腹心である。

「なるほどの。……では、上山で解散といたすか。帰りたい者は勝手に帰ればよい。余が許す。皆の者にそう伝えるがよい。諫言珍重」

利発なように見えて、やはりわがまま勝手な若君様である。最上城での帰陣の儀式より、温泉郷での享楽のほうに心惹かれているらしい。義俊は無責任に言い放つと、パタリと乗物の扉を閉めた。

二

義俊とわずかな近臣だけを残して、最上家中の行列は山形城下へ去って行った。義俊は鶴脛温泉郷に新設された御湯宿に登宿した。

「なかなか結構な造作《ぞうさく》であるぞ」

もともと出羽奥州は、大工や木地師など名工の産地である。さらには金鉱山にも恵まれており、惜しげもなく金箔が使えた。山奥の温泉地とは思えぬ豪華さで、御座敷全体が燦然と輝いていた。

「兵部、余はそちの一面しか知らなんだようだわ。最上家中に人多しといえども、そちほど雅やかな者は二人とおるまい」

兵部は無骨な顔を精一杯に綻《ほころ》ばせた。

「いやいや、お褒めいただくのはまだ早ようござる。趣向はこれからでござるぞ。それ！」

と合図を送ると、奥からきらびやかな一団がやってきた。京柳町の太夫、とまでは言わぬまでも、京風の立ち居振る舞いを身につけた美女たちだ。

「おお！」

義俊は歓喜に我が目を見開いた。

重臣どものわがまま勝手を戒め、最上家の家風を新儀に改める――などと雄渾な企図を抱いて帰国しながら、帰国早々、遊蕩に溺れかけている。これが兵部の策であるなら、なかなかの策士と言わざるをえない。

管弦が高らかに鳴らされる。女たちが燦然と艶笑しながら舞い踊りはじめた。二年ほど前、京で流行《はや》った稚児踊りだ。二年もかけて最上領まで伝わってきたのだが、それはさておき、華やかな舞と囃子《はやし》に心奪われ、義俊は早くも陶然と酔いしれていた。

宴もたけなわに夜も更《ふ》けて、義俊を護る近臣どもにも酒が振る舞われ、いい加減に酔いつぶれだした頃――。

夜の静寂《しじま》を縫って、鶴脛温泉郷に走り込んできた者どもがいた。覆面で顔を隠し、柿色の忍び装束に身を包んでいる。背中には直刀。腰にはさまざまな道具を納めた雑嚢を携帯していた。

十数人の曲者どもが闇の中から姿を現わし、義俊の御湯宿に向かって走る。湯宿を囲む築地塀を乗り越えると、造成間もない庭園に身を潜めさせた。

最上家の番士が、槍を片手に巡回している。曲者はスルスルと歩み寄ると、かねて用意の合図を送った。

番士は厳しい表情で顎をしゃくった。

「二階の奥の座敷だ。義俊の近臣は眠らせてある」

曲者は無言で頷くと、番士の前を走り抜け、番士が外したのであろう雨戸をくぐって湯宿の内部に踏み込んだ。配下の者どもが次々とつづく。

番士は槍を抱えたまま、庭先で月を見上げている。

その頃、義俊は、ますますいい気分で酔いしれていた。金屏風を背に、緋毛氈に腰を下ろし、左右の腕には美女を抱えて満面の笑みを浮かべていたのだ。

「盃を取らせる。呑め！」

義俊は一人の美女に大盃を持たせた。すかさず酒を注ぎ込む。女の喉では飲み干すことが叶わぬと思える量である。

義俊は『柳町』という官許色街の名こそ知っていたが、京に遊んだことはない。しかし、この美女はいかにもそれらしい雰囲気を漂わせている。京人形のように整った顔立ちでありながらニコリともしない。気位の高そうに澄ましかえっている様子がかえって魅惑的であった。

「さあ、呑め！」

と強要すると、嫌な顔ひとつせず、朱色の漆に塗られた大盃に、さらに艶やかな朱唇をつけた。

女は、クイッと喉を鳴らした。まったく息も継がず、水を流し込むかのように呑んでいく。義俊は啞然呆然として、上下する白い喉元を見守った。

ほどなく大盃が空になった。

女は、やはりニコリともせず片手に盃をかざして、サッサッと上下に振った。『全部呑んだぞ』というお決まりの挨拶であった。

「気に入った！」

義俊はパシリと扇子で膝を打った。

「そのほう、気に入った！　名を言え！　名はなんと申す！」

すると女は、ポツリと口を開いた。

「名？　我の名か……」

愛想のかけらもない声音である。それから何を思ったのか、スッと背筋を伸ばして立ち上がり、義俊をチラリと見下ろした。

「服部半蔵だ」

その直後――。

バアンと襖がはじけて、忍びの一群が座敷に突入してきた。

「な、何事!?」

義俊が両目を見開く。背後に逃れようとしたが、酔った手足は言うことを聞かず、無様《ぶざま》に転がる姿となった。

忍びはギラリと直刀を光らせ、一直線に突っ込んできた。体当たりともども串刺しにして、一挙に義俊の命を奪おうとした。

その瞬間、遊女の腕が動いた。

艶やかな金糸銀糸の縫いつけられた打掛《うちかけ》が翻《ひるがえ》る。袖口から分銅付きの鎖が飛び出し、暗殺者の刀に巻きついた。

グイッと引き寄せつつ、暗殺者の手首を握る。ひねり上げつつ腰を沈めて足を伸ばし、暗殺者の脛を蹴り払った。

暗殺者はドウッと転倒する。その瞬間には喉笛を刈り取られている。暗殺者の直刀は、いつの間にか遊女の手の中に握られていた。

義俊は目の前で何が起こっているのか理解できない。金屏風に背中を預けた姿で、目の前の死体――喉から血潮を噴き上げている――を愕然と見つめた。

何が起こっているのか理解できなかったのは曲者の一団も同様であろう。宴席に侍《はべ》る遊女が一瞬にして仲間を倒したのだ。

真っ先に我に返ったのは他の遊女たちだった。耳をつんざくような悲鳴をあげると、我先に座敷を飛び出していく。

その混乱に紛れて、キリは手裏剣を放った。曲者二人の目玉に刺さった。

「シッ！」

曲者どもの組頭が叱声を放って配下の者どもに合図する。我に返った曲者どもが油断なく身構えた。キリは義俊を背後に庇《かば》いつつ、座敷の真ん中に立ちはだかった。


それよりすこし前——。

松根備前は、上山兵部が用意した湯宿に腰を落ち着けていた。

湯宿には先客が一人いた。まだ若いが、物腰、言葉づかい、立ち居振る舞いのただならぬ偉丈夫だ。見たところ浪人者のようだが育ちのよさは隠せない。さらに武術の達者であるようにも見えた。

——いずれ名のある武家の子息でもあったのだろう。

と、松根備前は考えた。

関ヶ原合戦および大坂ノ陣の戦後処理と、土井利勝が進める改易政策により、多くの大名家が潰された。世に浪人が満ちあふれている。当然ながら浪人とはいえ、元大名家の高禄だ。人格見識、兵法武術に優れた者も数多い。

松根備前も才人である。目の前の浪人者の品格を即座に見抜いた。俄然、興味をかきたてられた。

最上家は急激に膨張した家である。関ヶ原合戦の恩賞だけでも、二十四万石から五十七万石に倍増したのだ。

それだけに人材が足りない。松根備前の目に叶うほどに優れた者なら、浪人者であれ、義俊に推挙するのもやぶさかではなかった。

湯治場というのはある種の気楽さがつきまとっている。備前は浪人者に声をかけてみた。

「どちらからまいられたのかな」

浪人者は折り目正しく、挨拶した。

「西国からまいりました」

「左様か。して、名はなんと申される」

「波芝信十郎と申す」

「波芝殿でござるか。して、どちらにまいられる」

と訊ねると、浪人は備前の目を鋭く見据えて言った。

「ご貴殿に会いに来たのでござる」

「なんと」

戸惑う備前を尻目に、浪人は懐から書状を出して、備前の膝元に滑らせてきた。

「これを読めと申すか」

「はっ」

「どなたからの書状か」

すると浪人は、凛々しい顔に情けない表情を浮かべて首をひねった。

「それが、それがしにも、よくわかりませぬ」

「よくわからぬ相手の書状を預かってまいられたか。平安の昔の怪談のようじゃな」

とにもかくにも、備前は書状を受け取って封を切った。

「さて、鬼が出るか、蛇が出るか、愉しみじゃの」

と、つらつら眺めているうちに、目つきと顔色が変わってきた。

「これは……！」

今度は鋭い眼差しで、浪人の目を覗き込んだ。

「我らが殿のお命を狙う刺客が送り込まれておる、と申すか」

「あの御仁は、そのように申されました。……どうやらこの温泉郷、曲者どもに取り囲まれたようです」

松根備前はガッと席を蹴立てて立ち上がった。

「ついてまいれ！」

浪人は不思議そうな顔で、松根備前を見上げた。

「御家老様は、あの老人の言葉を信用なされるのか。それがしの察するところ、あの老人は上杉忍軍の頭領。上杉家は、最上家の宿敵ではござりませぬか」

「わかっておる！　つべこべ申すな。急ぐぞ！」

浪人は刀をかき寄せて、おもむろに立ち上がりつつ、訊ねた。

「なにゆえ、それがしまで」

「これを見ぃ！」

書状を浪人に突き出した。

「〝万事この者に宰領させれば大過ない〟と書いてあるわ！」

浪人は困惑げに首を振った。

「えらく信用されたものですな。あの老人も、わたしも」

とにもかくにも信十郎は金剛盛高を腰に差し直し、松根備前につづいて、義俊の御湯宿へ走った。

座敷は阿鼻叫喚《あびきょうかん》の渦だ。

真新しい青畳に曲者の死体がいくつも転がっている。皆一撃で急所をえぐられて絶命していた。

一面に広がる血潮の中にキリが悠然と立っている。紅の打掛も金糸銀糸の縫い取りも赤黒い血で汚され、白磁のように美しい肌にも血飛沫が激しくかかっていた。

「おのれ！」

左手から曲者が飛び込んでくる。キリは左手の鉄鎖を飛ばしてその刀をからめ捕った。

ところが、すかさず右手から別の曲者が斬りつけてきた。キリは右手の刀でがっちりと受ける。が、二人がかりで相手は男。さしものキリも腰を揺らして蹈鞴《たたら》を踏んだ。

そこへ、真っ正面から三人目が踏み込んでくる。キリの額を唐竹割りにせんと斬りつけてきた。

キリの唇が尖った。口の中から真鍮の筒を突き出す。フッと毒針を吹きつけた。

踏み込んできた曲者が「アッ」と呻いて顔面をおさえた。

キリは片足を振り上げる。白い足袋の裏で蹴り返した。曲者はもんどりを打ってひっくり返った。

だが。キリが片足を上げたのを見て取って、左右の曲者が体を浴びせかけてきた。

キリはさすがに堪えきれずに、その場に押し倒されてしまった。

「くノ一、覚悟！」

と、曲者が直刀を振りかざしたそのとき——。

障子を蹴破って信十郎が飛び込んできた。その瞬間には腰の刀を一閃させている。

曲者の腕が直刀を握ったまま血を噴いて飛んだ。

返す刀でもう一人の肩口に斬りつける。血を噴き上げる曲者を蹴り転がして、キリを抱き起こした。

「大事ないか」

キリは不機嫌そうに頬を膨らませた。

「大事ない」

「血がついている」

「返り血だ。そんなに心配なら、もっと早くに助けに来い」

痴話喧嘩を始めた二人の背後に曲者が忍び寄ってきた。信十郎はクルリと腰を回すなり、真横に刀を抜き払って、忍び寄ってきた曲者の横腹を斬った。

切り口から腸《はらわた》がドッと落下する。曲者はしばらく立ったまま身を震わせていたが、やがてバッタリと倒れ伏した。

残りの曲者が逃げていく。完全に怖《おじ》けづいてしまい、覆面から覗かせた目を恐怖に血走らせていた。

入れ代わりに松根備前が飛び込んできた。

「殿！」

信十郎とキリを無視して最上義俊に駆け寄った。

義俊は金屏風の根元で転がったまま、全身を震わせている。顔面蒼白。死体から飛んできた血飛沫が白絹の夜着にかかっていた。

「わしを、わしを殺そうとした！　あやつめら、わしを殺しに来たのじゃ！」

震える手で松根備前の肩を摑む。唇は紫色に変色している。

「大事ござりませぬぞ！　もう安心でござる。曲者どもは、これこのとおり、あの者たちの手で――」

と、備前が振り返ったときにはもう、信十郎とキリの姿は忽然と消えていた。

「あの者たちは――」

血みどろの座敷内で、無力な主従は呆然として、いくつも転がる死体を無言で見つめた。

信十郎とキリは温泉郷から脱出した。騒ぎが大きくなり、最上家の家臣らが押し寄せてくる前に身を隠さねばならない。

温泉宿の周囲にも、いくつか死体が転がっていた。別口の一隊を鬼蜘蛛が撃退したらしい。その鬼蜘蛛の姿がない。逃げた曲者どものあとを追ったのに違いなかった。

「なにやら、急にきな臭くなった」

キリがボツリと感想をもらす。信十郎も、いささかうんざりした顔つきで頷いた。

「まったくだ。せっかくの温泉なのに、のんびりと骨休めする暇もない」

「あの老人の申したことに間違いはなかったようだな」

あの老人とは、信十郎に書状を託した男のことである。信十郎は頷いた。

「おかげで義俊殿を殺されずにすんだ。礼を言わねばなるまいな」

「礼なら、オレにも言ってもらいたいものだ」

キリは血まみれの打掛を脱ぎ捨て、刃こぼれした直刀も放り投げた。

「駄賃と申せば、出羽名産の菊酒を大盃いっぱいに飲めたことぐらいか。……いや、わりに合わんぞ」

信十郎は黙って『あの老人』の言葉を反芻《はんすう》しはじめた。

## 三

話はいったん、半月前の豊後府内に戻る。

忠直が配流所に幽閉されたのを見届けたあと、竹中重義、鄭芝龍と別れを告げた信十郎たちは、速吸瀬戸《はやすいせと》（豊予海峡）を渡って四国に入り、弘法大師が切り拓いた遍路道を辿って四国を横断、鳴門海峡に達し、そこから雑賀《さいか》残党の船に乗って紀伊和歌山に上陸した。

およそ、この日本国には、武士や農民の目には見えない巨大な流通網が構築されていた。『山ノ道』である。

南は薩摩の坊津から、日向高千穂を縫って肥後阿蘇山に入り、豊後に出る。そこから北へ向かえば関門海峡を経て中国山地、東に向かえば四国の霊場を通って畿内に入る。

さらに本州の霊峰や、霊場の参詣道を繋いで出羽三山から遠く津軽の十三湊《とさみなと》にまで通じていた。

まさに日本を縦断する大街道である。

徳川幕府が五街道を整備するはるか以前から、山ノ道は多くの旅人を運んできた。ちなみにこの頃、『職人』という言葉はまだ普及していない。職人は道々《みちみち》と呼ばれていた。道々を移動しながら仕事をする者たちだからである。

無論のこと、山伏や神人、遊行僧も道々である。忍者や遊女も道々で、乞食に類する者たちもまた道々だった。

それら多くの道々たちが山ノ道を辿って旅をしたのだ。

武士や農民、町人が使う街道に宿場があるように、山ノ道にも宿場はある。猟師小屋や山寺、神社なのだが、道々外生人はこれらを利用して旅をした。

信十郎は阿蘇社（禰宜は阿蘇一族で、菊池一族とは古来より交流がある）の鑑札を持っている。大和忍びの鬼蜘蛛や伊賀者のキリは言うまでもなく道々だ。道々外生人は相身互いなので、どこでも快く迎えてくれる。彼らにとっては平地の街道や宿場などより、よほど過ごしやすい旅路であった。

海や大河も恐るるに足らず。

現に雑賀水軍の残党が海を渡してくれた。

紀伊国（和歌山県）は、雑賀などの土豪や、高野山金剛峯寺、熊野大社など宗教勢力が根を張った『まつろわぬ国』だ。

北に向かって奈良に入ると金剛山地が広がっている。ここは古代氏族、賀茂氏発祥の地である。

賀茂氏からは日本史の偉人が二人出た。一人は役小角《えんのおづぬ》、修験道の開祖である。もう一人は、ほかならぬ徳川家康であった。

信十郎らは、旅の途上、京の賀茂大社にも参詣してきた。見覚えのある紋が境内に張りめぐらせてある。『三葉葵』の御神紋だ。

三葉葵は賀茂一族の紋である。家康が賀茂氏を名乗っていた頃、得意になってこの紋所を使っていた。

が、古代氏族の名門とはいえ、武家政権に賀茂氏はちょっと似合わない。それゆえ系図をちょっといじって、武士の名門、清和源氏に名乗りを変えた。

とはいえ、南朝新田《にった》の末裔を名乗ったのであるから、徳川家というものも、なかなか不可思議な一族である。

新田一族は足利幕府が滅びたその瞬間まで、公的に追捕の対象であった。新田氏族は闇に身を隠し、『道々外生人』として生き長らえてきた。

「我らは武家の名門だ、南朝の忠臣だ」と自負したところで、里に住む者たちの目から見れば、山中の盗賊団と変わらぬ存在であっただろう。

賀茂氏にせよ、新田一門にせよ、徳川家の先祖が『あやしい人間』であったことは間違いない。

とにもかくにも徳川家は、戦場で晴れがましく三葉葵を見せつけていたものだから、急に新田に鞍替えしたからといって、大中黒《おおなかぐろ》を家紋にするわけにもいかない。結局のところ、開き直って三葉葵を使いつつ、それでも我らは源氏であるぞと言い放っていた。なかなか辛いところである。

賀茂大社から南下して、笠置山地を踏破すれば伊賀である。その周辺には甲賀や柳生の里が広がっている。さらに東に進めば伊勢の津。三百年前、南朝の皇子と菊池や服部の忠臣たちが船出した湊だ。

津から船に乗って北上すれば長良川、木曽川に入る。

河口一帯は『河並衆《かわなみ》』と呼ばれる河ノ民によって支配されている。この河ノ民の中から蜂須賀小六《はちすかころく》が出た。羽柴秀吉を天下人に担ぎ上げた実力者だ。

巨大な堤防を築き上げ、備中松山城を水攻めにできたのも、彼らが河ノ民だったからこそである。中国大返しの神速も、彼らが道々を押さえていたから可能だった。

豊臣政権は道々外生人との太い繋がりを持っていた——と言うより、彼ら自身が道々外生人であったのだ。

そんな父親の縁故の土地を通過し、信十郎らは木曽を経て北上、諏訪大社に参詣した。さらにそこから上野国《こうづけ》（群馬県）に入り、新田・徳川の発祥の地を横目に見ながら東下して下野国《しもつけ》（栃木県）に入った。

古より鉱山の栄えた足尾川沿いに北上して日光に入る。この山地一帯は、山師、山ノ民、日光山僧坊衆の勢力が入り交じっている。里の農民や武士勢力の目から見れば、山の妖怪が蠢《うごめ》く人外魔境に見えていたかもしれない。

無論、信十郎やキリ、鬼蜘蛛にとっては心安い土地柄である。もしかしたら家康にとっても心安い土地であったかもしれぬが、それはともかく信十郎らは、温かく迎えられ、温かく見送られて奥州に入国した。

なにゆえかくのごとくして日本国を縦断する旅をつづけてきたかといえば、それはあの屋代勘解由景頼を追っていたからである。

「ずいぶんと、長い旅になってしもうたなぁ」

いつものごとくに鬼蜘蛛が愚痴を漏らしている。

無理もないことだ。鬼蜘蛛の住処《すみか》は肥後菊池郡にある。

豊後府内とは、山を一つ越えればすぐの距離だ。孤児の鬼蜘蛛に家族はいないが、それでも懐かしい仲間たちが彼の帰りを待っているはずであった。

それなのに、真逆に道をとって、はるばる奥州にまで来てしまった。いかに健脚を誇る忍びとはいえ、この長旅はさすがに心身に堪えていた。

「まぁ、そう言うな」

信十郎は険しい山道を進んでいく。彼方にチラチラと人の姿が見え隠れしている。その行歩《ぎょうぶ》は常人ではない。山猟師の姿をしていたが、明らかに忍びの訓練が施されていた。

信十郎とキリ、鬼蜘蛛は、つかず離れず彼らのあとを追っている。無論、気息《きそく》は断ったままだ。相手も手練の忍びであるから、ひとときの油断もならない。この三人であるからこそ追跡が可能なのだ。余人であればたちまちにして見破られてしまい、逆襲されるか、逃げられるかしたに違いなかった。

「このまま仙台に帰る気なんやろうか」

巨大な岩をヤモリのようによじ登りながら、鬼蜘蛛が訊ねた。

「屋代は伊達家の忍家だからな」

キリは、汗ひとつかかぬ涼しい顔で答えた。物見遊山のような足どりでヒョコヒョコとあとについてくる。

白い小袖に緋色の大口袴。どこぞの巫女という格好だ。山道を何日も走破したとは思えぬ涼しげな姿。白い肌も湯上がりのように美しい。小袖は純白、袴の襞も火熨斗《ひのし》を当てた直後のようにまっすぐだった。

夜中にフッと気配を断つことがあったが、その隙に谷川で身体を清めたり、洗濯をしたりしているのであろうか。それとも服部配下の忍びたちが着替えを持って参上するのか。

信十郎も鬼蜘蛛も、キリの清潔さが不思議でならなかった。

屋代勘解由は、伊達政宗に仕える上忍である。伊達家の忍軍『黒脛衣組』の統率者だ。

越前宰相忠直の改易騒動において冷酷無比な働きをみせた。越前松平家七十五万石は屋代勘解由にひっかき回されたあげくに自滅した。

信十郎らは、屋代の関与に気づきはしたが、なにゆえ奥州の伊達政宗が越前に魔手を伸ばしてきたのかが理解できなかった。越前松平家を潰すことでどのような利益が政宗の手の内に転がり込むのか、それがさっぱりわからなかったのだ。

「とにもかくにも……」

信十郎は呟いた。

伊達政宗の暗躍は『元和偃武』の障害になる。今、全国の大名家を一通り見渡してみても、伊達政宗ほど野心の逞しい男は他にない。

まだ少年とも言える年齢の頃から戦陣を走り回り、豊臣秀吉、徳川家康らを相手に何度も叛旗を翻した男である。凡庸な二代将軍の秀忠などでは、とうてい御《ぎょ》しがたい奸雄なのだ。

家康が誇った徳川四天王や十六神将、旗本八万騎たちも老いさらばえ、あるいは死に、代替わりが進んでいる。戦場を知らない官僚化された武士たちが今の徳川家に満ちていた。

そんな中で、伊達政宗と家臣団だけが戦闘経験の豊富な古参兵を揃えている。

上方《かみがた》ではすでに天下の趨勢が決まりつつあった頃、奥州はまだ、戦国時代の真っ只中であった。その遅れが原因となり、政宗は天下を取り損なったが、今度は逆に有利な条件となっている。

実戦経験の豊富な政宗と家臣団。二代目将軍の秀忠と官僚たちが兵法書片手に戦って勝てる相手ではない。

「何を考えているのかは知らんが、好き勝手にさせるわけにはいかんな」

政宗がひとたび兵を挙げれば天下がひっくり返る。少なくとも大騒動になるのは間違いない。戦国時代に逆戻りだ。元和偃武を願う信十郎と秀忠にとって、それだけは未然に防がねばならぬ事態であった。

かくして三人は、山ノ道を縫い、日本を代表する古刹や大寺院を足がかりにして日本国を縦断してきたのであるが、出羽の米沢に入ると同時に、ちょっとした事件に巻き込まれてしまった。

## 四

山ノ道を進む信十郎とキリ、鬼蜘蛛の一行を、つかず離れず、影のごとくに謎の一団が尾行していた。

最初は屋代勘解由と黒脛衣組かと思った。信十郎たちの尾行に気づいて背後に回り込んできたのかと思ったのだ。

だが、キリが首を横に振った。

「黒脛衣組とは匂いが違う」

と断言した。

キリの言う『匂い』とはなんなのか、信十郎と鬼蜘蛛には理解できない。理解できないが、キリは並の女ではない。服部半蔵三代目なのだ。仮に並の女だったとしても、女の感ほど鋭いモノはそうそうない。

その、匂いの違う一群が次第に包囲の輪を狭めてきた。故意に気息は断っていない。これほどの手練であるなら、信十郎たちに気づかれぬように身を寄せてくることも可能なはずなのに、そうしないのだ。

やがて――、のそり、と巨体を揺らしながら、一人の大男が山道に姿を現わした。

クリクリに頭を剃りあげている。大きな木の数珠を二重にして首から下げていた。

が、首から上は僧侶のようでありながら、黒い熊の毛皮を身に着けている。殺生を禁じた教えに反しているからには、僧侶ではないのだろう。顔立ちも生臭く脂ぎっている。

海坊主ならぬ山坊主とでも呼ぶべき怪人である。年齢は三十代の半ばぐらいか、ニヤリと妙に人懐こい笑みを向けてきた。

「どちらに行かれる」

山ノ道を旅していれば、こんな事態は珍しくもない。

山ノ道は多くの山岳勢力のあいだを縫って延びている。勢力の境界には見えない関所があって、突然この坊主のような、関守が姿を見せるのだ。

身の丈六尺の信十郎より、頭一つ分背が高い。おまけに肩幅も広く、首から背中にかけて筋肉が瘤のように盛り上がっている。不躾《ぶしつけ》な視線で信十郎を眺め下ろして、

「稚児衆のように美しい顔だべな」

と、薄笑いを漏らした。

さらに鬼蜘蛛とキリにも目を向けた。

「山伏と巫女の三人連れだべか。面妖な一行だなや」

信十郎は懐から阿蘇社の神符を出した。

「我らは肥後国一ノ宮、阿蘇社の神人でござる。羽黒山の妙渓《みょうけい》上人様を訪ねる途上にござる」

「ほう。はるばる阿蘇から来ただか。妙渓上人様をお訪ねか……」

山坊主は見るともなく神符を見て、「あなかしこし阿蘇の大神」と真摯に目を閉じて祈りを捧げた。

が、その直後、生臭い笑みをニヤリと浮かべて、

「おめぇさまら、黒脛衣どもを追ってきたように見えたが、違うだべか」

と言って「ガハハハ」と大笑いした。

信十郎たちは、この一見愚人そうでいて、実に油断のならない大男の対処に困った。大男の配下はますます包囲を狭めてくる。信十郎の背に緊張が走り、鬼蜘蛛はいつでも走りだせるように身を低くさせた。キリだけがぼんやりと突っ立って、大男を見つめている。

山坊主はニヤニヤと笑みを浮かべたまま背を返した。肩越しに振り返り、さらにニヤリと笑った。

「おめら、せっかく出羽まで旅してきたのだ、歓迎するべい。『越前の顚末《てんまつ》を聞きてエ』と、我らの頭目が言うとるでのぅ」

信十郎は愕然とした。どういう手蔓を使ったかは知らぬが、この山坊主たちは信十郎たちがこれまでなしてきたことを知っているらしい。

山坊主はノッシノッシと歩いていく。信十郎たちがついてくるものと信じきっているらしく、まったく振り返りもしない。

「どうするんや」

鬼蜘蛛が顔を寄せてきた。

信十郎は即断できずにキリに視線を向けた。

キリは、つまらなそうな顔つきでボツリと呟いた。

「米沢は上杉の所領だ。あいつらが『軒猿《のきざる》』なのであろう」

「軒猿か……」

上杉謙信の耳目となって暗躍した越後の忍び衆である。あまり有名ではないが、武田の戸隠忍軍や北条の風魔と互角に戦ったのであるから、その実力は生半《なまなか》ならぬものがあったろう。

キリは白い小袖の襟元を細い指でちょっと直した。

「上杉謙信の忍び衆なら越前の騒動ぐらい摑んでいても不思議ではない。音に聞こえた軒猿の、姿を見せない頭領だ。どんなやつなのか興味はある」

キリもまた、伊賀服部の総領だ。ちょっとしたライバル心に燃えているのかもしれない。

「そういうことなら、行ってみるか」

信十郎は山坊主を追って歩きはじめた。一行を押し包んだ包囲陣も、姿を見せないまま、同じ速度で移動していく。

吾妻山の山麓を北に下れば、そこは置賜郡《おきたま》である。上杉家三十万石の領地だ。

「南に大きな山が聳えている、というのは、なんとも鬱陶しいもんやな」

山坊主のあとにつづきながら、鬼蜘蛛が辛辣な批評を漏らした。

たしかに日当たりが悪い。山並と木立に遮られて日が差さない。陰々滅々たる気分にさせられる。

とは言うものの、ここで生まれ育った者にとっては愛すべき郷土であり、余所者《よそもの》にとやかく言われたくはないであろう。

だが、問題なことに、今、この地を治めている大名は、余所から移封された余所者であり、この山深い盆地には愛着などまるで持っていなかったのだ。

険しい山道を下っていくと猫の額のような狭い盆地に出た。家々から白い湯気が上がっている。炊事の煙にしては激しすぎる蒸気だ。

「温泉か」

信十郎が呟くと、山坊主が大きく頷いた。

と、そのとき、ズドーンと大きな音が響いてきた。鬼蜘蛛がビクッと跳ねて、傍らの大木の陰に身を潜めた。

山坊主は大口をあけて笑った。

「そんなに驚くことはないべさ」

信十郎はわずかに首をひねった。

「鉄砲か」

「んだ。里の者は『天狗ハジキ』などと言うて、勝手に恐れとるようだべな」

「鉄砲ぐらい珍しくもないだろうに」

足軽が使っていた火縄銃が下げ渡され、猟師も銃で猟をする時代に入っている。軍事技術の民間活用だ。それだけ世の中が平和になり、軍備が不要になった、ということでもあった。

今度は凄まじい射撃音が聞こえてきた。山並みに谺《こだま》して延々と響きつづける。

「なるほど、これは『天狗様の仕業』だな」

十挺ほど筒を揃えて一斉射撃をしたようだ。里の農民でなくとも驚かされる。

だが、いったい誰が、どんな目的で、こんな山深い温泉地で鉄砲を撃ち放っているのであろうか。

この小さな温泉郷には、三軒の湯宿が建てられていた。そのうちの一軒の玄関先に、女物の乗物（駕籠）が横づけにされていた。

「おっと、とまられい」

山坊主は腕を伸ばして、信十郎たち三人を遮《さえぎ》った。

宿屋から一人の尼僧が出てきた。乗物に乗って去っていく。ただならぬ物腰である。身分の高い女性のようだ。

「貞心尼《ていしんに》様でござるわ」

山坊主が、訊ねもしないのに説明した。

「女性《にょしょう》の身で三千石もの大封を領しておられる。女殿様《おんなとのさま》じゃ。あのようなお方は日本国じゅうを探しても、二人とおられまいて」

乗物とお付きの一行が山道に消えるのを待ってから、山坊主は歩きはじめた。

山坊主は温泉の湯気をかき分けて進む。盆地の奥に陣幕が張りめぐらされてあった。仮の陣屋のようにも見える。山坊主は陣幕を捲ると、小さく身を屈めながら入っていった。

「さぁ、おめぇさまらも入られい」

信十郎たち三人も幕をくぐる。幕の内側には能舞台のような東屋《あずまや》が建っていた。白い砂利が敷きつめられている。鉄砲足軽とおぼしき数名が銃の手入れをしている。その背後に一人の大男が立っていた。

筒袖の小袖に袖無し羽織、裁っ着け袴に革の脚絆を巻いている。そのうえに、真っ白い頭巾と覆面で頭部と顔面をスッポリと覆っていた。

前屈みになって鉄砲足軽の肩越しに覗き込み、右手に持った竹の棒で鉄砲をあれこれ指し示し、なにやら指示を与えている。身の丈は六尺二寸はあるだろうか。当時としてはまれに見る偉丈夫である。

山坊主は、信十郎たちに「ここで待て」と言い残すと、身を屈めて白覆面の前に走り寄った。蹲踞《そんきょ》して声をかけると、白覆面が「ああ」と声を漏らして顔を上げ、覆面越しにこちらを見た。

信十郎と鬼蜘蛛も自然とその場で片膝をついている。キリは袴を折って腰を屈めた。何者かは知らぬが、白覆面には他人を敬服させる威風が備わっていた。

白覆面は軽い足どりで歩いてきた。手には銃を一挺持っている。信十郎たちの前に悠然と立った。

山坊主は白覆面の背後に控えた。山坊主の全身に緊張感が漲《みなぎ》っているのがよくわかる。仮に、信十郎たちが白覆面に襲いかかろうものなら、山坊主は即座に白覆面を庇うと同時に反撃してくるであろう。

もっとも、山坊主と刃を交わす前に、信十郎たちは鉄砲玉で蜂の巣にされるに違いない。狭い盆地の四方から鉄砲足軽の殺気が伝わってきた。

――これはよほどの大物だな……。

上杉忍軍『軒猿』の頭領であろうか。

白覆面は玉砂利を踏んで、信十郎を見下ろしている。なにやら、二度三度と大きく頷いた。

「ゼンチ居士《こじ》でござるわい」

と自己紹介した。表情は覆面に隠れてよく見えない。

老人特有の声音である。体格がよいうえに覆面姿なので気がつかなかったが、実はかなりの高齢のようだ。六十の半ばぐらいであろうか。

「これを見てみい」

と、何を思ったのか、手にした鉄砲をグイッと突き出してきた。

山坊主がササッと膝行し、ゼンチ居士から鉄砲を受け取ると、信十郎の正面に身体を向け直し、その鉄砲を差し出した。

何がなにやらさっぱりわからぬが、信十郎はその鉄砲を受け取った。

「どうだ？　変わっておろう」

まだこちらがよく見てないのに、ゼンチ居士はせっかちに感想を促してきた。

「火縄ではなく、火打ち石で火薬《ひぐすり》に火を点けるのだ。それならいちいち火縄に火をともしたり、燃えて次第に短くなる火縄の長さを整える必要もない。待ち伏せなどいたすとき、火縄の臭いで敵に気づかれる心配もないわ」

「ほぅ」

信十郎は鉄砲の『カラクリ』に目を向けた。たしかに、火縄銃特有の火挟みや火皿が存在しない。引き金を引くと火打ち石が打ちつけられて、その火花で火薬に点火する仕組みのようだ。

「これは、新しい工夫でしょうか」

日本炮術界の大家、故・稲富一夢斎《いなどめいちむさい》の薫陶を受けた信十郎をもってしても、初めて目にする機構である。

だが、ゼンチ居士は苦々しそうに瞼《まぶた》をしかめて、首を横に振った。

「日本国に南蛮から火縄銃がもたらされた頃には、もう、南蛮では新式銃が使われておったのよ。南蛮人めら、我らに百年も昔の銃を売りつけおったのだわ」

信十郎は目玉を瞬《また》かせた。

「まことですか」

「まことじゃ。それゆえに、こうして、新式銃を作っておる」

信十郎は俄に呆然とした。この日本国でこのような工夫に励んでいるのは、この山中の隠れ里だけなのではあるまいか。

「それで、成果は……」

信十郎は素直に過ぎる性格である。また、稲富流の炮術家でもある。好奇心のままに訊ねた。

するとゼンチ居士は、白覆面をいらだたしげに振った。

「いかんな。……どうやら我が国の火打ち石と、南蛮の火打ち石とでは、飛び散る火花の質が異なるらしい」

ゼンチ居士の背後で鉄砲足軽たちが銃を構えた。組頭が采を振り下ろしたが、発砲したのは二挺だけであった。

そういうことなら、火縄式の銃を伝えられて正解だったのではないか、と、信十郎は思った。火縄ならいくらでも生産できるし、ほぼ確実に着火できる。

だが、こういう工夫を延々とやりつづける意気込みこそが大切なのだ。とも思った。いずれ努力の実る日がくるかもしれない。

「まぁ、宿に上がって休んでいかれよ。山の中とて、ろくなもてなしもできぬが、山の珍味だけは揃っておるからの」

ゼンチ居士は信十郎たちに背を向けた。湯宿へと歩いていく。鬼蜘蛛が信十郎の袖を引っ張った。『そろそろ逃げよう』と目で訴えかけてくる。

たしかに、この三人なら軒猿たちを煙に巻いて逃走するのも不可能ではない。逃げるだけなら簡単——と言っても過言ではない。

しかし。

信十郎はゼンチ居士のあとにつづいて湯屋へ向かった。

背後から鬼蜘蛛の溜め息が聞こえてきた。

## 五

囲炉裏を囲んでゼンチ居士、山坊主、信十郎が座った。鬼蜘蛛とキリは距離をあけて座っている。この二人は信十郎ほど無邪気ではない。咄嗟の事態にいつでも対処できるように構えている。

ゼンチ居士と山坊主は、それと知りつつ素知らぬふりで、囲炉裏にかけられた鍋の中身を掻き回していた。

「さて、粥が煮えるまでの暇つぶしに、よもやま話でもいたそうかの」

ゼンチ居士が覆面の下の唇を動かした。

「最上家は、どうなっておるのかのう」

不気味な外見とは似ても似つかぬ呑気な声音で呟いた。

「どう、と仰《おっしゃ》ると？」

「うむ」

ゼンチ居士はしばらくのあいだ、首を右に左に傾げて考え込んでいたが、唐突に口を開いた。

「置賜と米沢に押し込まれた上杉家三十万石、生きるも死ぬも最上家次第でな」

白覆面の怪人は、訥々《とつとつ》とした語り口で、今の上杉家が置かれている窮状を吐露しはじめた。

「なにしろこの土地がよろしくない。袋の鼠とはまさにこのこと」

東、西、南の三方を山地に囲まれており、険しい峠道でしか往来できない。人の行き来も大変だし、産物の交易もままならない。

「北に向かって川が延びているのだが……」

その下流に広がっているのは、最上家五十七万石の領土だ。

上杉家は、謙信の頃には越後で六十万石ほどの領地を持っていた。

謙信の養子（甥）の景勝が、豊臣秀吉の命により陸奥・出羽国に移封させられ、それと同時に加増され、百二十万石となった。

上杉家は関ヶ原合戦のみぎり、西軍方となり、徳川方の最上義光と対決した。家康が関ヶ原で勝利したので、上杉軍は撤兵し、家康に降伏した。

結果、三十万石に減封されたうえに、米沢盆地に閉じ込められることになってしまった。盆地の出口は最上家に封じられている。家康の悪意のなせる業だが、いずれにせよ、最上家とは関ヶ原以来の断交状態である。『武家諸法度』で大名同士の私戦が禁じられているから戦争にこそならないものの、実質的に冷戦状態が継続していたのである。

「つまり、四方を封じられておるのでござる。雪隠詰《せっちんづめ》とはまさにこのこと」

聞かされている信十郎のほうが憂鬱になりそうな、上杉家の現状だ。

それでも土地柄がよければ救われるのだが、陸奥国特有の寒冷地で実りも薄く、冬は大雪で閉ざされる。敗戦処理の結果とはいえ、上杉家将兵の絶望が伝わってくるかのようだった。

「さて、その最上家でござるが……」

と、そこまで話してから、突然に話題を変えた。

「そなたら、黒脛衣を追ってきたようだな」

「はぁ……」

なんと答えたものか見当もつかず、適当に相槌をうつと、ゼンチ居士はよい感じに煮えてきた粥をかき混ぜながら頷いた。

「山奥に押し込められてもよいことはある。注意深く耳を澄ましておれば、座したまま津々浦々の噂が聞こえてくるのだ」

山ノ民の情報網に食い込んだ、と言いたいのであろう。この山地は出羽三山に通じている。山伏や木地師等が全国を渡り歩いてやってくる。忍者を組織して放たなくとも、向こうから情報がやってくるのだ。知謀に長けた者ならば、彼らの噂話から相当量の真実を嗅ぎ取れる。

そのうえ軒猿も組織しているのだからなおさらの情報通であろう。

「そなたらが追ってきた黒脛衣だが、あやつめら、もしやすると」

「もしやすると？　なんです」

「ふむ。もしやすると、最上の殿を殺すつもりなのかもしれぬ」

信十郎はギョッとして目を剝いた。

ゼンチ居士は素知らぬ顔つきで、淡々と語りつづけた。

「最上の若殿、間もなく江戸より下っておいでだが、その帰り道にお命を縮める算段のようだ」

そして、覆面越しにギラリと視線を向けてきた。

「困るのだよ。今、最上で騒動を起こされては。下手をすればこの上杉も共倒れだ」

たしかに、川下の五十七万石で大騒動が勃発したら、川上の三十万石はたまったものではないだろう。

「いや、最上家が滅びるのはかまわん。むしろ願ったり叶ったりだ。だが、その滅び方次第で、この出羽、陸奥は——否、日本国はふたたび戦乱の巷に戻るやもしれぬ」

「それはなにゆえ」

ゼンチ居士は、最上家五十七万石が、陸奥出羽の外様大名を抑える『要石』である、という認識を語った。

「……ゆえに、最上家の潰れ方次第では、伊達も、佐竹も、そして上杉も、どう動きだすかわからん、ということなのだ」

「それは困ります」

ゼンチ居士はチラリと信十郎に目を向けた。そして、覆面の下でニヤリと目を細めた。

「義俊殿のお側に松根備前という男がおる。話のわかる男だ。この書状を持っていかれよ。我ら上杉の者では何もして差し上げられぬからな。ご苦労だが、行って助けてやってくれまいか」

と言って、ゼンチ居士は白い頭巾の頭を下げた。

かくして信十郎たち三人は、義俊の一行が下ってくるより先に上山城下の鶴脛温泉郷に入り、義俊の護衛のため待ち構えていた、という次第であった。

「おかげで太夫の真似などさせられた」

夜道を走りながら、キリが心底、つまらなそうに言った。――どんなときにもつまらなそうにしている女なのだが、最近、信十郎は、本気でつまらないときと、内心では嬉々としているときの区別がつくようになってきている。

「なかなか似合っていたではないか」

「褒めても何も出ぬぞ。……で、これからどうするつもりだ」

「うむ。これで終わりとは思えぬ。最上家の居城、山形に行ってみようかと思う」

「相変わらずのお節介だな。ま、喧嘩騒動に首を突っこんでいるあいだは退屈しないから、それでもいいがな」

上山から山形まではたったの二里半。二人はその夜のうちに山形城下に潜入した。

# 第四章　鮭延越前、天下御免

## 一

最上家の居城、山形城は、最上領の最深部に位置している。

出羽国の南半分、五十七万石を領し、庄内平野を手中に収めた雄藩の居城としては、いささか奥地に過ぎるようだ。

織田信長や豊臣秀吉であれば、即座に海沿いの港町、酒田に拠点を移していたであろう。しかし、最上義光はそうしなかった。最上氏二百六十年の居城を捨てるに忍びなかったのか。

その代わりに義光は、最上川の河川改修を推し進めた。出羽を貫く大河を巨大な運河に作り替え、最上領を縦断する運輸・流通網を構築したのだ。

結果、庄内平野から山形盆地まで、満遍なく発展を遂げることが可能になった。もしも義光が酒田移転を決行していたなら、今日見られる山形の繁栄は存在しなかったであろう。

山形城は正方形の本丸を中心にして、同心円状に二ノ丸、三ノ丸が広がっている。典型的な輪郭式の縄張りだ。

三ノ丸の大手は東を向いて作られている。大手門から東へ延びるのは笹谷街道で、笹谷峠を越えると奥州の伊達領に達する。大手口は城の玄関であると同時に、敵国を迎え撃つ防衛正面とも位置づけられている。最上家の大手が伊達家の方角を向いているのには、それなりの経緯と歴史があった。

かつては伊達家に屈伏し、臣下の礼をとらされていた時期もあった。さらに昔は足利一門として、南朝の伊達家を討伐したこともある。最上家は出羽探題の名門、伊達家は陸奥国守護の名門である。ライバル意識が嵩じてか、とかく角の突つき合いが多い両家であった。

三ノ丸。伊達方面に向けられた四つの城門のうちの一つ、『横町口』を入ってすぐの所に、鮭延越前守秀綱《ひでつな》の屋敷があった。

無論のこと、ここに鮭延屋敷が置かれたのにも理由がある。鮭延越前が武勇無双の豪傑であったからだ。伊達軍が攻め込んできた場合、真っ先に殺到するであろう城門の守備を任されていたのだ。

鮭延越前守秀綱は、近江源氏・佐々木一門の後裔である。

佐々木氏と言えば、源平争乱の際、瀬田川で先陣争いをした佐々木高綱《たかつな》が有名であるが、その佐々木一族が源頼朝の奥州征伐に従軍した際、分家のいくつかが出羽奥州に土着した。

要するに、占領地を押収し、自分の領地にしたのである。

鮭延越前もそうした佐々木氏の一人である。鮭川のほとり、鮭延城（真室城）を本拠とする国人領主で、最上義光に臣従したのちも一万一千五百石を保有し、半ば独立した大名のように振る舞ってきた。

別段、珍しい話ではない。大名家は、皆、このような国人領主を内部に抱え込んでいた。現在風に言えば、ライバル他社を吸収合併しながら大きくなった会社のようなもので、かつてのライバル社長が重役会議や取締役会で大きな顔をしているような状況が、日本国じゅうで見られたのだ。

二代目、三代目のボンボン社長からすれば、そうとう煙たい状況である。

これこそが、義俊の置かれた状況である。義俊からすれば、「なんとかせねば立ち行かない」という気分になろうというものだ。

しかし、重役や取締役の立場からすれば、「この会社は我々が大きくしてやったのだ」という意識がある。自分たちの権威と権益をボンボン社長が取り上げるというのであれば、それは激怒もするであろうし、抵抗や嫌がらせもするであろう。スクラムを組んでボンボン社長を引きずり下ろすかもしれない。

とにもかくにも、悪性の腫れ物のように扱いに困る連中を、大名家は大勢抱え込んでいたのであった。

その『腫れ物』が悲憤慷慨《こうがい》している。

新築なったばかりの鮭延屋敷の中庭で、鮭延越前が「えい、くそ。えい、くそ」と叫びながら、重さ十斤（約六キログラム）の鉄棒を振り回していた。

永禄五年（一五六二）生まれであるから、御歳六十歳。数え年なら六十二歳だ。そんな老人がもろ肌脱ぎとなり、鉄の延棒を振るっている。

老人ながらさすがに猛将、筋肉の張りなど見事である。全身のいたる所に古疵《きず》が残されていて、戦国を生き抜いた者だけが持つ迫力を感じさせた。

えいくそ、えいくそ、と気合を入れつつ、延々と棒を振りつづける。総身に汗を滴らせ、肩のあたりから湯気まで立てているのにやめる気配もない。家人は慣れっこになっているのか老人の奇行には目もくれず、家周りの仕事に専念していた。

いったい何がこうまで腹立たしいのか、と言えば、それは本人にもわからない。苦々しい何かが体内に潜んでいて、それが無意味に暴れている。

十代の頃ならば、誰しもがこういった『理由のない怒り』に悩まされたりするものだが、しかし、還暦を迎えて、この多感さは異常である。

鮭延越前本人にもどうしようもない。越前自身が持て余している性格なのだから始末に困る。

もっとも、この負けん気があればこそ、今の鮭延越前があるとも言える。彼が気弱な性格であったなら、梟雄《きょうゆう》・最上義光に一撃で攻め滅ぼされていただろう。義光ですら扱いに困る猛将であったればこそ、この歳まで生き長らえることができたのだ。

とにもかくにも鮭延越前は、おのれの怒気を抑えかね、朝から無意味に自分の身体をいじめ抜いていた。

と、庭の枝折《しお》り戸が押し開けられて、一人の老人が入ってきた。

「おう、やっておられるな」

最上家重臣、楯岡《たておか》甲斐守《かいのかみ》光直《あきなお》である。この頃六十ぐらいであったはずだ。鮭延越前と同年配である。

光直は最上義光の弟であり、最上家の家老であり、軍師であった。

楯岡城一万六千石を領している。最上家御親族衆の筆頭だ。

しかし、素朴な立ち居振る舞いといい、質素な装束といい、身分の高貴さはまったく感じさせない。

家老の職はとうに松根備前に譲り渡し――というか奪い取られ、家中での実権も上山兵部のような若手に横取りされて、さながら文人墨客のような、退屈で気侭な生活を送っていた。

鮭延越前は一言「おう」と答えただけで、あとは無言で鉄棒を振りつづける。知り人が来たことで、ますますやめるにやめられなくなった。他人の視線を意識すると瘦せ我慢に拍車がかかる、と、そういう性格なのだ。そうとう息も上がっていたが、『まだまだこんなの軽いわい』という顔をして、必死に踏ん張りつづけたのだ。

楯岡甲斐守も鮭延越前の奇行には慣れている。長い顔にぼんやり然とした微笑を浮かべつつ、鮭延屋敷の庭を眺めた。

「殺風景な庭じゃのう。これが庭か」

最上義光自らが三ノ丸を区割りして、重臣たちに敷地を分け与えたのだが、その折に下賜されたままの荒れ地が放置されている。造作しようとした気配すら感じられない。

「なんじゃ、おめぇさまは悪口を言いに来たのか」

鮭延越前はようやく鉄棒振りをやめて、楯岡甲斐守のほうに歩み寄った、というか、詰め寄った。

短軀の鮭延越前と長身の楯岡甲斐守では、頭一つ半ほどの身長差がある。が、その身長差ものともせず、越前はグイグイと顔を近づけて睨みつけてきた。

一方、甲斐守は、越前が棒振りをやめ、こちらを向いてくれたので、ようやく言葉の接《つ》ぎ穂を摑むことができたようだ。

「相変わらず元気そうでなにより。武道専一、けっこうけっこう」

今にも鉄棒で殴りかかろうかという勢いだったのに、越前は、甲斐守の茫洋とした口調に丸め込まれて、しばし、時候の挨拶など交わした。

とりとめのない話のあとで、甲斐守がようやく本題――らしき話題を切り出してきた。

「ところで越前殿。お主、城下に面白げな男が来ているのを、お耳になされたか」

「面白い男？　何者だ」

「なんでも、回国修行の武芸者だとか――」

「ケェーッ！」

鮭延越前は痰唾でも吐くような奇声を漏らした。

「畳水練の類か。何が面白いものか。いや、面白うござるわな。そんな馬鹿者は笑い飛ばすのが一番でござろう」

槍一筋に命を託して戦場を駆けた老将老兵には、剣術の道場稽古など馬鹿馬鹿しくて見ていられない。子供が戦ごっこをしているようにしか見えないのだから仕方がない。

「ところがのぅ」

楯岡甲斐守が長い顔を曇らせた。

「これがなかなかの手練での。『他流試合苦しからず』と高言するものだから、家中の者どもが懲らしめてくれようとしたのだが」

「それで」

「まんまと叩きのめされてしもうたわ」

甲斐守は数名の名前を挙げた。最上家中でもそれと知られた荒武者たちであった。

鮭延越前はカッと激怒した。

「みんな負けてしもうたのか！」

「そうだ」

「畳水練にか！」

「そうだ」

「むうッ！　城下の寺はさぞ忙しかろうな。そんなに死人が出てしまっては」

どうしてそういう感想が浮かぶのか甲斐守には理解できない。おそらく鮭延越前にもわからない。なんとなく、斬られた者たちが寺に運ばれ、葬儀をされる様子が脳裏に浮かんだから——に違いない。

話がそっちに飛躍してしまったので、甲斐守も仕方なく話を合わせた。

「死人は一人も出ていないぞ」

「今、それがしの耳には『試合った』と聞こえ申したが！」

「うむ。言った。その武芸者、なにやら竹刀《しない》とか申すものを使うそうな」

「シナイ？　なんでござろう、それは」

「うむ。竹を細かく割ったものを革の袋に包んだ物のようだ。表面に漆を塗っての。蟇蛙《ヒキガエル》の肌のようになるので、蟇肌《ひきはだ》竹刀とか申しておるようだ」

「竹の棒！　竹の棒で叩き合うのか！」

憤慨もここに極まれり——といった様子で、鮭延越前は絶叫した。

「なんたる冒瀆！　武術は兵の生き死にの中でのみ研鑽されるもの！　生死の境を踏み越えた者のみが会得する技であろうが！　それを竹の棒とは！」

憤慨も度が過ぎると可笑しくなってくるようだ。途中から越前はカラカラと高笑いまで漏らしはじめた。

そして、

「七郎次《しちろうじ》！」

と、甲高い声で家僕を呼んだ。

「あいよう」

間の抜けた素っ頓狂な声が、屋敷の裏手から聞こえてきた。短い着物の一重《ひとえ》だけを着けて、尻と褌と素足を晒した中年男がやってきた。

なんとも締まりのない顔をしている。大兵《たいひょう》肥満ではあるが、動作がどうにも緩慢だ。『鈍牛』という言葉が甲斐守の脳裏に浮かんだ。その言葉がぴったりの男だ。

　農作業の途中だったのだろうか、左手には麦藁の束、右手には鎌を握っている。そんなもの、主人の用には不要なのだから屋敷裏に置いてくればいいのに、どうして持って来たのだろうか、と甲斐守は訝しく思った。

「七郎次、供をせい」

「あいよう」

「まいるぞ！」

「あいよう」

　と、おかしな主従は鉄棒と麦藁と鎌を持ったまま出て行こうとする。

「ちょっと待たれよ越前殿、いずこへまいられるおつもりか」

　甲斐守は先ほどから妙な焦燥感に囚われている。常識外の人間に直面すると、人は焦るか怒るかするようだ。

　鮭延越前は怒るほうである。

「その、わけのわからん痴《し》れ者の武芸者を、一丁、叩きのめしてまいるのよ」

「どこにおるのかご存じあるまい」

「知らぬ」

「知らぬのに出て行っても無駄足を踏みはせぬか」

「何を言うておられる」

鮭延越前は例によって例のごとくに怒りだした。

「このわしが出て行けば、『生意気な武芸者はあそこにおりますぞ』と注進してくる者が引きもきらずだわ」

「ああ。なるほど」

甲斐守はなにやら感心してしまった。鮭延越前という男、普段は頭の箍《たが》が外れているようなのだが、戦や喧嘩となると俄然、智嚢が回りはじめる。

「なるほど、ではない。お前様がそれではないか」

「ごもっとも」

「行ってまいる！」

「いや、ちょっと待たれよ。越前殿はそれでよかろうが、その下男は……」

そう言われて、鮭延越前はようやく七郎次に目をとめた。そして激怒した。

「七郎次！　おのれは主人の外出と申すに、なにゆえ藁と鎌とを持ちおるぞ⁉」

「へえ？　お外においでてごぜえまスたか」

と、反省の色も、恐縮の様子もなく屋敷に取って返すと、今度は槍を抱えて戻ってきた。槍だけなら『主人の外出に従う小者』としての正しい行動だったが、なぜか背中に大きな鎧櫃《よろいびつ》まで背負っている。かなり重そうだ。鮭延越前の鎧兜一式が入っているのに違いない。

いらしい。

甲斐守は「それは大げさだろう」と感じたが、鮭延越前は格別に変だと思っていな

戦国時代の真っ只中には、武具を常に携える者もいただろうが、それは甲斐守たちが青年だった頃の話だ。『常在戦場』とはよく聞くが、今の世に実践している者は変人であろう。

越前は愛用の鉄棒を庭に突き刺し、佩刀を腰に差し直し、七郎次を引き据えると、甲斐守に一礼した。

「それでは御免！」

「ああ。ご武運を祈念いたしますぞ」

甲斐守は鮭延主従を見送った。

あの江戸の武芸者が、なにゆえ山形にやってきたのかわからぬが、その真意を探るには越前のような慮外者をぶつけてみるのが一番だ。

越前は悠然と歩いていく。

二

「ダァーッ！」

気合一閃、蟇肌竹刀が振り下ろされた。ビシッと鋭い音とともに、最上家家中の侍の、襷がけした右肩を打ち据えた。

「ウッ！」

打たれた侍は、それでもなお、木刀を振るおうとした。しかし今度はその手首に打ち込まれる。竹刀とはいえ凄まじいまでの一撃だ。骨が軋んでビリッと痺れる。侍は思わず木刀を取り落としていた。

手首を切り落とされたように錯覚し、左手で右手を押さえる。そのままがっくりと両膝をついた。痺れが全身に回ったらしく腰に力が入らず、立ち上がることができなかった。

顔を上げれば傲然と立ちはだかる武芸者の姿が見えた。まだ二十に届かぬ若年だ。薄い唇を小癪に歪めてせせら笑っていた。

バサラに乱れた総髪を太い髷《まげ》に結い上げて、片眼に眼帯をつけている。隻眼の虹彩は鳶色で、天狗のような異形異類を思わせた。

「ま、参った」

最上の侍は闘争心を喪失し、震える声で敗北を認めた。

隻眼の若者は「フン」と鼻息を漏らした。彼の側に控えていた侍が、同情を籠めた声音で告げた。

「このお方は、将軍家剣術指南役、柳生道場の若先生でござる。負けたとてけっして恥ではござらぬゆえ……」

恨んでくれるな、とか、復讐を考えたりしないでくれ、と言いたいらしい。

さすがに「稽古をつけてもらってありがたく思え」とまでは言わないが、こんな調子で誰かれかまわずぶちのめしていったのなら、さぞや怨みを買うことであろう。

最上家臣がスゴスゴと去って行き、物見高い連中も自分の仕事に戻っていった。山形城外、東に広がる旅籠町の小路が元の静けさを取り戻した。

柳生十兵衛はしばらくのあいだ路地に立ちはだかり、尖った顎をクイッと上に向け、得意気な表情をしていたが、次第にそれにも飽きてきた。

「つまらぬ」

据えさせた床几《しょうぎ》にドッカと腰を下ろした。

出羽奥州地方は、遅くまで戦国の騒乱がつづいた地域である。それゆえ、戦国往来の古強者がまだ現役で生存している。

実際に武器を振るって殺し合いをした者が大勢いる、と思ったからこそ、出羽山形くんだりまで旅してきたのに――、

「手に合う者など一人もおらぬではないか」

なのである。

『将軍家剣術指南　柳生十兵衛』と幟《のぼり》に墨書し、背負っているのも虚しいくらいだ。

そんな十兵衛の気持ちを察したのかどうか、柳生道場が誇る高弟たちがおそる嘴《くちばし》を挟んできた。

「若様、そろそろ江戸にお戻りになられては……。勝手に武者修行などなさって、父君のお耳に入れば大変ですぞ」

無論のこと天下の柳生家が、十兵衛の無軌道な回国修行のために高弟たちを送り込んできたわけではない。

来《きた》るべき本多正純との対決を前に、本多と親しい最上や上杉の動向を探るための隠密として武芸者を送り出したのだ。

それがこのような馬鹿げた大騒ぎになっている。十兵衛が無理やりについてきてしまったからだが、これではぜんぜん『隠密』にならない。隠れてもいないし秘密でもない。高弟たちとすれば、胃の痛くなる思いの連続であった。

しかし、十兵衛の活躍のおかげでか、最上家中に知己が広がりつつあるのも事実であった。

花のお江戸からやってきた『将軍家剣術指南役』というだけでも興味を持たれるのに、実際に強いのだから文句はない。千代田のお城で将軍様や次期将軍の家光様と親しく口をきいていた男なのだ。田舎ではちょっとした名士の登場であったろう。

そんなこんなでチラホラと、最上家重臣の使者らしい者たちも顔を見せはじめている。『当家にお泊まりいただきたい』という口上を携《たずさ》えてきた。

宗矩と十兵衛の思惑を越えて、なにやら最上家潜入の役目が首尾よく果たせそうな雲行きになりつつある。

だが。

十兵衛一人は面白くないのだ。もっともっと強い男と戦いたい。おのれの自尊心を木っ端みじんに打ち砕くような、そんな強敵と戦いたかった。

——あいつ……、今、どこで何をしているのだろう。

ふと、波芝信十郎の面影が脳裏をよぎった。

十兵衛の利剣をやすやすと避け、十兵衛の身体に刀傷を刻んだ男。

——そのうえ、キリ姉ぇまで連れて行きやがった。

考えれば考えるほどに腹が立つ。

それなのに、なにやら妙に懐かしいのだ。

——そろそろ江戸に帰るか……。

江戸に戻れば信十郎とふたたび相まみえることもあろう。

まさかその信十郎が山形に来ているとは知らずに十兵衛は思った。

そのときである。

「お前か！　江戸から下ってきたという畳水練は！」

とんでもない大声が、はるか路地の何丁目も先から吹っ飛んできた。

その瞬間、十兵衛は、自分の体毛がビリビリと逆立つのを感じた。ハッとして隻眼を上げ、ついでにガッと立ち上がった。

砂塵を巻きながら老人が突っ走ってくる。どこから走ってきたのか知らぬが、顔面は真っ赤に紅潮して汗まみれだ。その後ろに大兵肥満の壮士が従っている。が、よくよく見ると、壮士と呼ぶにはあまりにも弛緩しきった表情だった。

いったい、この二人は何者であろうか、と思う間もなく、老人が怒声を張り上げた。

「最上家の侍大将、鮭延越前とは俺がことだ！」

――ははぁ。

と、十兵衛は納得した。

――これが鮭延越前かぇ。

最上家の誇る『名物男』である。

どこの家中にもこの手の豪傑が必ずいる。鮭延越前は噂に違《たが》わぬ豪快さで登場してきた。十兵衛は、俄然楽しくなってきた。

――人生ってやつは、こうじゃなくっちゃいけねぇぜ。

鼻の穴を広げ、胸いっぱいに空気を吸う。

「新陰流、柳生十兵衛！」

カッと隻眼に力を込めて睨みつけた。

鮭延越前は「おう」と応えた。難渋な顔つきで、二度三度と頷いた。

「近頃にしては珍しく、骨のありそうな若造だわい」

十兵衛はブンッと竹刀を振り下ろした。

「俺はこれを使うが」

「それならわしはこれでたくさんだ」

と、なにやら泥にまみれた棒切れを振り上げた。

「なんだそれは」

すると、越前の後ろに控えていた大柄な小者が答えた。

「オラが掘った山芋だべ。喧嘩が終わったら芋粥作るだ。おめも一緒に食うだよ」

十兵衛は俄に混乱した。これが最上家の風儀なのかと錯覚した。

——ま、待て。これも何かの策略かもしれぬ。

乗ぜられて闘志を削がれてはなるまい。

「ようし、芋でも牛蒡《ごぼう》でもかまわねェ。いざまいらん!」

騒ぎに気づいて町人たちも集まってくる。町人ばかりか最上家中の侍たちも興味津々にやってきた。

最上家で最も小うるさい頑固爺と、今をときめく将軍家剣術指南役・柳生道場若大将の対決だ。滅多にない見せ物であろう。さして広くもない宿場町だが、いつのまにやら黒山の人だかりになっていた。

十兵衛は全身に気勢を籠めた。

「イイィヤヤヤヤヤッツ!!」

新陰流で『唱歌《しょうが》』と呼ばれる独特の気合を放つ。さすがは江戸柳生の新星。柳生新陰流の祖、石舟斎《せきしゅうさい》の生まれ変わりと謂《い》われた男だ。放った殺気はビリビリと周囲の町家まで震わせた。

「ふん。虚仮威《こけおど》しなど効かぬわ」

鮭延越前はズンッと前に踏み出してきた。両足の裏をベッタリと地につけている。ガニ股に踏ん張って、奇妙な形に両腕を交差させ、身構えていた。

「む……！」

十兵衛は刮目《かつもく》した。老人ながら隙のない構えだ。足は大地に根を張っているかのよう。五尺ちょっとの短軀であるのに、巨木のような風格さえ感じさせている。

——さてこそ！

戦国往来の古強者だ。ようやく巡り合えた古武士である。はるばる出羽まで旅をしてきた甲斐があったというものだ。

が、十兵衛という男は、ここで感心したり、尊敬したりするような男ではない。

——存分に叩きのめし、柳生の『活人剣』が古武道に勝ることを証明してやる！

と、ますます闘志を昂《たか》ぶらせた。

——が、しかし、山芋で何をするつもりか。

山芋などでは打ち合わせることができぬはず。山芋で竹刀を受ければポッキリ折れてしまうであろう。

——何をしてくる気なのか、さっぱり読めねぇ。

道場剣術には暗黙のルールがあるが、当然ながら戦場にはルールなどない。いかに相手の意表をついて攻撃するか、そんな奇道ばかりを研鑽してきたはずである。

——考えても、わからねぇものは、わからねぇ。

十兵衛は高々と竹刀を掲げ、ズイッと大きく踏み込んだ。

老人は難渋そうに唇を引き結んだまま、ギロリと両目を剝いた。

老体なのに気迫だけは壮年のように激しく、逞しい。十兵衛の剣気ものともせずに前進してきた。

その行歩《ぎょうぶ》がまた奇妙だ。ガニ股に両足を開いたままピョンピョンと跳ねてくる。傍から見たらお笑いものの姿だが、老人は真面目そのものだし、十兵衛もまた、この行歩に脅威を感じた。

——この爺ィ、蹴ッ飛ばしても押しこんでも、容易に転びそうにねぇ。

どっしりと重心を低く構えた姿勢をまったく崩さない。足を交互に踏み出す歩き方なら必ず隙ができるが、このカエル飛びには隙がないのだ万全に構えた剣客を斬り倒すのは、よほど力量に差がないかぎり難しい。相手の体勢を崩す必要がある。そのために新陰流では、故意に相手の攻撃を誘うことがある。上泉伊勢守のいう『転《まろばし》』である。相手の放つ斬り込みを、水面に映った月のごとくに反射して斬り返す。『水月』と呼ばれる極意であった。

だが。

この老将の構えは、攻撃の瞬間でさえ、重心を乱しそうにはなかった。多分、このガニ股のまま斬り込んでくるのであろう。難敵である。

——それならば。

十兵衛はさらに大きく踏み込んだ。

——一撃で斬り倒すのみ！

八目草鞋の裏をズリズリと滑らせながら前進する。そして老人との間合いを一気に踏み越えた。

「イイヤァァああアッッ！！」

裂帛《れっぱく》の気合とともに蟇肌竹刀を振り落とした。老人の構えた山芋もろとも一刀両断にする気構えだ。

だが、老人はサササッと真横に移動した。蟇肌竹刀は老人の肩をわずかに掠《かす》った。が、これが真剣であったとしても、致命傷にはほど遠い。

その直後——、

「でやっ！」

老人が山芋を繰り出してくる。山芋の先を切っ先に見立てて、十兵衛の隻眼めがけて突き出してきた。

「ぬっ！」

十兵衛は飛燕のように飛び去った。山芋は空を突き、十兵衛は一間（一・八メートル）離れた路の上に飛び下りた。

——なかなかやる。それに嫌らしい。

十兵衛の一つしかない目玉を狙うとは質《たち》が悪い。たしかに十兵衛にとって、残された片目はなにより大切なものである。庇いすぎる気配がないでもない。

だが、こんなことで臆するような十兵衛ではなかった。ブンッと一回、竹刀を振り下ろして、ふたたび老人に突進した。

「イヤアッ！」

竹刀も折れよと振り下ろすと、さすがの老将もかわしきれずに肩を打たせた。すかさず第二撃を見舞おうとすると——。

老人はグイッと全身を寄せてきた。十兵衛の長い腕の中に潜り込む。

「ぐわっ！」

十兵衛は頬骨に痛みを感じてのけ反った。なんと老人が頭突きをぶちかましてきたのだ。

——なんだこの爺ィは⁉

さらにまた、山芋を突き出してくる。十兵衛は首をひねってかわし、ふたたび背後に後退した。

——これが爺ィの流儀か。

老人は相も変わらずガニ股で、ピョンピョン跳ねながら迫ってくる。

——介者剣術だ！

戦場《いくさば》で鎧武者が使う実戦剣術である。ガニ股なのは、重たい鉄の鎧兜を着けたまま移動するため、よほど足腰を踏ん張る必要があるからだ。

ピョンピョン飛ぶ理由は、戦場の地形に対処するためである。凸凹《デコボコ》の地面で道場剣術のような摺り足など取ろうものなら、たちまち爪先をひっかけて転倒する。重い鎧を着けた姿で転んだら最後だ。起き上がる前に首を搔き切られる。

十兵衛の打ち込みを避けきれぬと察したときに、突進してきたのも同様だ。真後ろに逃げたら踵をひっかけて転んでしまう。だから前に突進し、十兵衛の腕の中にもぐりこむことで剣をかわした。

さらには頭突きまで繰り出してきた。重い鉄兜を被っていたなら、さらに威力を増したであろう。

「キエイッ！」

十兵衛は飛鳥《ひちょう》のように跳躍し、竹刀を鋭く振り下ろした。老人は何を思ったのか、グイと額を突き出してきた。額をバチンと叩かれてもひるむことなく山芋の先を突き出してくる。

「勝負あった！」

十兵衛は叫んだ。

「馬鹿を言うな！」

老人は負けを認めずピョンピョンと跳ねてくる。

「おのれ！」

十兵衛はさらに竹刀を振り落とした。老人は左腕を斜めに突き出して受けた。竹刀とはいえ十兵衛の放った打ち込みである。老人の腕など骨ごと砕きそうな勢いだったが、老人は受け止めた竹刀を肘でグイッと押し退けて、またも山芋を、十兵衛の片目に突き出してきた。

「卑怯！」

「どこがじゃ！」

三度後退した十兵衛と、山芋の老人が睨み合った。

十兵衛は怒鳴った。

「竹刀ならばこそ御身は無事であろうが、これが真剣だったなら、頭を砕かれ、腕は真っ二つに斬られておる！」

「たいがいにいたせ！　そんな太刀行きで俺の頭や腕を斬れるわけがなかろう！」

「老人、負け惜しみにもほどがあるぞ！」

十兵衛と鮭延越前は顔面を真っ赤にさせて罵《ののし》り合った。

「聞き分けのないガキだ！」

越前は、後ろに控えていた小者に向かって叫んだ。

「七郎次！　わしの鎧兜を持って来い！」

「あいよう」

十兵衛と主人の殺気もどこ吹く風、のどかな声で答えた七郎次は「ドッコラセ」と鎧櫃を肩から下ろすと、蓋を開けて鎧兜を取り出した。

「兜と籠手だけでよい。早よう、持ってこぬか！」

「あいよう」

七郎次は、使い込まれた兜と壺籠手を携えて、主人の前に跪《ひざまず》いた。

「ここでお召しになるのけ」

「違う！　あの若造に見せてやれ」

「へえ」

七郎次は、クルリと踵を返すと、十兵衛の前に膝行した。

「どうぞ、ご覧くだせえ」

たった今まで主人と戦い、今も殺気立っている相手なのに、しかも柳生十兵衛であるというのに、まったく恐れる色も見せずに弛んだ笑みを浮かべると、兜と筒袖を差し出した。

――これは……！

さしもの十兵衛も、一目見るなり愕然とした。老人の兜と籠手の板金には、幾筋もの刀傷が刻まれていた。兜と籠手で真っ向から相手の剣を受け止めてきたという、戦歴を証明していたのだ。

「どうじゃ！　見たか！」

老人は自慢げに言い放った。

「うぬの太刀など、なんぼ振るっても、わしの甲冑を断ち割ることはできぬのよ！」

カラカラと高笑いする。十兵衛は薄い唇を歪めさせて敗北感を噛みしめた。

――これが介者剣術か……。

鎧兜で身を護りつつ、ひたすらに愚直な攻撃を繰り返す。口で言うのは簡単だが、よほどの筋力と度胸の持ち主だけがなしうる技だ。

――目を狙ったのも、それゆえか……。

兜と面頬を着けていたなら、致命傷を負わせることの可能な場所は限られる。老人は山芋を手槍に見立てて、十兵衛の目玉から脳髄を貫こうとしていたのだ。それ以外の箇所をいくら突いたところで怪我を負わすことはできない。

兜や鎧で敵の刀を受け止めつつ、隙を見て相手を串刺しにしようとする。それが鎧武者同士の戦いなのだった。

――俺の負けか……。

すでに一回、頭突きを食らっている。鉄の兜で頭突きを食らえば脳震盪を起こしていただろう。これが実戦であったなら、目を回した隙に首を刈られたに違いなかった。

なにやら敗北感がひしひしと押し寄せてきて、十兵衛はガックリと肩を落とした。

うちひしがれた十兵衛に、七郎次が呑気な口調で告げた。

「さぁ、芋粥作るべ」

と、今度は老人のほうを向いて伸び上がり、間延びしきった大声を張り上げた。

「このお人にも芋粥、食わせるべなぁ？」

老人は憎々しげな皺面をクシャクシャにさせて笑っている。

「ああ、なんぼでも食わせてやりゃあええが」

「さ、一緒に行くべ。オラの芋粥は絶品だでなぁ」

呆然とする十兵衛を尻目に、鮭延越前はクルリと背を向けると、肩をそびやかせて歩きだした。

大兵肥満の七郎次が、主人の兜を片手でクルクルと玩《もてあそ》びながらあとにつづく。

十兵衛は、とり憑かれたような足どりでついていく。さらにそのあとを柳生の者たちがゾロゾロとつづいた。

鮭延越前はことさら声高に放言した。

「やはり江戸は都よのぅ。こんな大馬鹿、出羽山形には滅多におらぬわ。大江戸ならではの大馬鹿であろうぞ。こんな途方もない馬鹿者を飼っておわすとは、公方様はさすがに武士《もののふ》の長者よのぅ」

「おんやまぁ」

七郎次は、愚鈍な顔を長く伸ばして驚愕した――ような顔をした。それから十兵衛をチラリと見てだらしなく笑った。

「殿さんめ、よっぽど、おめさまのことが気に入ったとみえるべ。いや、褒めるわ褒めるわ」

「褒める？」

十兵衛は眉をひそめた。

どう聞いても、悪罵を浴びせられているとしか感じられないのだが。

三

夜。

信十郎は山形城三ノ丸に潜入し、二ノ丸の濠と石垣を眺めていた。

三ノ丸には家臣たちの屋敷が区割りされている。出入りの商人も多く行き交っているのでとくに怪しまれる様子もない。

江戸詰の藩士らが帰ってきたばかりで、調度や着物を新調したり、長旅で体調を崩した者の家に医者が呼ばれたりなどして、城内がごった返していた。それにつけこんでやすやすと侵入を果たしたのだ。

二ノ丸と三ノ丸のあいだは濠で隔てられている。その外廓に青地（芝生など、丈の短い草むら）が設けられていた。篝火も各所に焚かれていた。

忍者が二ノ丸に潜入しようとすれば、まず、この青地に踏み込むこととなる。見晴らしのよい草原で、身を隠す場所はどこにもない。篝火に照らし出されてしまう。なかなか巧妙な仕掛けだ。

ちなみに——、現在の山形城の水濠は、鳥居氏時代に造り直されたものである。最上氏時代の二ノ丸の濠は、今よりもっと内側にあった（市民プール、県立博物館、郷土館、県立体育館のあるライン）。

鳥居氏は、最上氏の水濠を埋めて二ノ丸を広げ、逆にこの青地を掘り返して、今の水濠を造った。

閑話休題《それはさておき》。

信十郎は青地に沿って二ノ丸の周囲を巡った。

二ノ丸の西側に、松根備前の屋敷と楯岡甲斐守の屋敷が隣り合わせで建っている。新旧の家老の屋敷が並び立っていた。

とはいうものの、権勢を競い合う様子でもない。地味で慎み深い門構えである。質朴剛健な出羽人らしい佇《たたず》まいだ。

ふと、信十郎は、濠を隔てた二ノ丸の三階櫓に目をやった。廻縁《まわりえん》の高欄（手摺）越しに一人の尼僧が立っているのが見えた。

歳の頃は、もう、七十を超えているであろうか。しかし、スラリと立った姿には、加齢では衰えぬ気品が漂っている。

──どなたであろうか……。

典雅な物腰と装束からして、最上一族の女性《にょしょう》であるに違いない。

尼僧は憂いに満ちた表情で月を眺めている。最上家の内紛を思えば憂鬱になるのは当然だろう。

どこからか太鼓の音が響いてきた。三ノ丸の門が閉じる刻限であるらしい。

信十郎は西の小田口から城外に出た。

いずれは松根備前を訪問せねばならないだろうが、まだまだ、わからぬことが多すぎる。松根の派閥に取り込まれるのは好ましくなかった。

──とりあえず山寺に行くか。

山形盆地の東方には、最上義光が再興させた天台宗の大道場、山寺立石寺《りっしゃくじ》がある。

信十郎のような流れ者が身を寄せるには都合のいい場所であった。

四

「では、義俊殿のお命を狙うたのは、最上家中の者だと申すか」

先ほど信十郎が目撃した尼僧が叫び立てた。

御三階櫓の最上階。鉋痕《かんなあと》も荒々しく巨木の梁や柱が組まれている。

板敷きの上には最上義俊が座っていた。

脱力しきった姿である。先日、上山で受けた暗殺未遂事件の衝撃からまだ立ち直っていない。いつどこから刺客が襲いかかってくるかと怖くてならない様子である。家臣すら心を許すことができないのだから、無理もない。

わざわざ御三階櫓に身を潜めているのは、本丸御殿にいるのが恐ろしいからなのである。櫓ならば暗殺団が押しかけてきても、しばらくは近臣たちで防戦できる。開放感たっぷりの御殿にいるよりは、まだしも安心できるのであった。

義俊の左手には松根備前が控えている。さらに正面下座には、陰気な顔の武士が無言で座っていた。

件《くだん》の尼僧は義俊の前に立ちはだかるようにして、陰気な武士と対している。墨色の法衣に白い絹の帽子《もうす》。出羽人特有の白い肌。整った顔立ちは若き日の美貌を忍ばせる。手には水晶の数珠を握っているが、その数珠の紐を引きちぎらんばかりに力を込めている。剃り落とした眉のあたりをヒクヒクと小刻みに痙攣させた。

「おのれ、楯岡甲斐守！　家親殿を弑《しい》し奉るばかりでは飽き足らず、此度《こたび》は義俊殿にまで魔手を伸ばしてまいったか！」

「いささかお声がお高うございます。保春院様」

松根備前が尼僧に苦言を呈した。二ノ丸外れの三階櫓とはいえ、大きな声を張り上げられたらこの深夜だ。城下にまで筒抜けになってしまう。

が、保春院と呼ばれた尼僧は、七十を超えた老体だと言うのに、おのれの感情を自制することも知らず、七十過ぎとはとても思えぬ声量で激怒しつづけた。

「このままでは光禅寺殿の直系が根絶やしにされてしまいまするぞ！　松根、この始末、いかがおつけになるおつもりか！」

松根備前は保春院を軽く黙殺すると、袴の膝を下座の武士に向けて座り直した。

「屋代勘解由と申したな」

「はっ」

屋代勘解由は折り目正しく平伏した。侍烏帽子に狩衣を着けている。陰気な目つきは相変わらずだが、装束を整えるとなかなか凛々しげな姿に見えた。

「そのほうの申すこと、まことか？　もし虚言であったなら、最上家は取り返しのつかぬ過ちを犯すこととなるのだぞ」

屋代勘解由は恭謙《きょうけん》をよそおいながら言葉を繋いだ。

「恐れながら、我が主、政宗より申しつかりし言《げん》にござれば」

保春院はツンと高い鼻筋を上げた。

「屋代勘解由の申すことなら間違いあるまい。我が息子、政宗めの腹心ぞ。この妾《わらわ》が保証いたす」

「左様でございまするか」

松根備前は不得要領に頷いた。

伊達政宗の腹心だから、信用できないのである。

この老尼僧、保春院は、最上義光の妹であり、また、伊達政宗の生母でもあった。

そう聞いただけで、およそどんな女であるのか想像がつこうというものだが、まったくの予想どおりに、義光と政宗を合わせたような女豪傑なのだ。

豪傑と言うよりは策士、腹黒いだけならまだしもで、感情的に物事を推し進めようとするから余計に質《たち》が悪い。その性格が災いし、実の息子の伊達政宗に追放されて、生家の最上家に保護されていた。
　とにもかくにも松根備前としては、この女豪傑によって最上家が振り回されること
だけはあってはならない、と考えている。それゆえ『保春院様のご機嫌伺い』と称し
て来訪してきた屋代勘解由にも疑いの目を向けていた。
「しかし屋代殿。我ら最上家ですら摑んでおらぬ事情に、よくぞ仙台宰相様は通じて
おられまするな」
　すかさず保春院が小馬鹿にしたように鼻を鳴らした。
「今の最上家に、まともな謀臣などおらぬではないか。兄上がお亡くなりになってか
らと申すもの、最上は堕落していく一方じゃ」
　屋代勘解由は保春院の繰り言を無視し、松根備前に視線を据えた。
「畏れながら申し上げまする。最上家の御家中には、『事を起こすにあたっては、伊
達家に後ろ楯を』などと、申し出てきた者もおりまする」
「なんと！」
　松根備前と保春院が同時に声をあげた。
「左様。それゆえ我らは、最上家中の事情にいささか通じておるのでござる。政宗と

いたしましては、ほかならぬ御生母、保春院様の御実家が、惨劇に見舞われるのは黙しがたく、かく申すそれがしを遣わして、ご注進に及んだ次第にございまする」

「うーむ」

松根備前は考え込んでしまった。

伊達政宗という男、まったく信用ならない奸物であるが、しかし、この話はいかにも『ありそうな話』である。まるっきりのデタラメではあるまい。政宗を頼り、謀叛を目論《もくろ》む痴れ者の一人や二人は、必ず最上家中に潜んでいるはずなのだ。

松根備前は顔を上げた。

「して、その者どもとは?」

「はは。政宗に微行せしは、小身の者どもにござれど、しかし」

「しかし?」

「それらの者どもが申すには、謀叛を企まんとしておる者は、山野辺右衛門大夫《やまのべえもんだゆう》殿と鮭延越前殿とやら……」

「あの者どもか!」

と、突然に声をあげて激昂したのは義俊だった。

「あの者ども、事あるごとに余を軽んずる物言いをいたしおる! ……怪しい! たしかに怪しいぞ！」

備前は慌てて義俊を遮った。

「拗《す》ね者の老人どもでござれば、口は悪《あ》しゅうござれど、心根は——」

だが、義俊は急に立ち上がると、扇子の先をグイッと備前に突きつけた。両目が赤く血走っている。唇がわなわなと震えはじめた。

「備前！　そのほう、我が父の、無残な死に様を忘れたわけではあるまい！」

「それは……」

義俊の父にして、前・最上当主の家親は、楯岡甲斐守の屋敷に招かれ、酒宴に興じた直後に頓死した。

幕府には『急な発病死』として届け出て、無事に義俊への相続が叶ったものの、一時は山形城下をあげての大騒動となり、伊達政宗が幕命を受けて鎮圧の兵を出す直前にまでいっていた。

ほかならぬ楯岡甲斐守と松根備前が手を結び、軽挙妄動に逸《はや》る家臣たちを押さえ込むことで事なきを得た。毒殺の容疑者、楯岡甲斐守と、家親の腹心、松根備前の非戦協定があればこそ、内戦勃発を未然に防ぐことができたのだ。

しかし、楯岡甲斐守の容疑が完全に晴れたわけではない。毒殺だったと信じている者も多い。当主の義俊がそう信じているのだから始末が悪い。

また、松根備前も内心では疑いを捨てきれていなかった。

家中の混乱を回避するため甲斐守と手を結んだものの、甲斐守を義俊のお側から遠ざけ、家老職と家中の実権を奪い取った。

それでも甲斐守は楯岡城に一万六千石、与力三十二騎を抱えた大身だ。有罪であれば恐るべき戦力であるし、無罪であるなら戦力とともに憤懣を抱えていることになる。

沈黙する松根備前を尻目に、義俊と保春院が身を寄せ合って、なにやらゴニョゴニョとやっている。

「お婆様《ばばさま》、それがしは、いかが計らえばよろしいのでしょう」

義俊は年甲斐もなく啜り泣きまで漏らしていた。暗殺されかかった衝撃は大きいだろうが、義光の孫とも思えぬ軟弱ぶりだ。

そんな若君を七十過ぎの老婆が優しく抱き寄せている。

「おお、お可哀相な義俊殿。なぁに、案ずることはございませぬぞ。義俊殿には、このお婆と、仙台の叔父御がついておる。家臣どもには指一本たりとも触れさせはいたしませぬぞえ」

保春院は愛情過多な性格でもある。この調子で次男の小次郎《こじろう》を熱愛しすぎて、結果小次郎は、実兄の政宗に殺されることとなってしまった。今は義俊に情愛のすべてを注ぎ込んでいる。また義俊も、この知謀逞しい老婆を頼りとしていた。

——これはいかん。

備前は直感した。

伊達政宗の毒が屋代勘解由を通じて保春院に流れ込み、保春院の口から義俊の耳に注がれる。どう考えても好ましくない。

だが、今の義俊を保春院から引きはがすのは難しい。

——あの男は、あれからどこに行ったのであろうか……。

波芝信十郎と名乗った男の顔が、脳裏に浮かんだ。

あのゼンチ居士が全幅の信頼を籠めて推薦してきた壮士。期待に違《たが》わず、一瞬にして義俊暗殺の企みを潰した。そら恐ろしいほどの手並みであった。

——あの男なら……。

おそらくなんらかの打開策を胸に秘めているのに違いない。

# 第五章　最上家分裂

## 一

朝まだき——。立石寺は静寂に包まれている。早朝の勤行《ごんぎょう》が始まったのか、読経の声がどこからともなく聞こえてきた。

山中の巨石に建てられた納経堂から眼下の町並みが見渡せた。

「これは、素晴らしい眺めだな」

信十郎は感嘆しきっている。山霧が麓の門前町を包み、真っ白な龍のようにうねりながら流れていく。この光景を一望できただけでも、はるばる旅をしてきた甲斐があった、とまで感じていた。

「景色を見て、感心している場合やあるかいな」

出羽三山の山伏姿の鬼蜘蛛が呆れ顔で眺めている。

「下界は黒脛衣どもでいっぱいや。最上領内を好き勝手に走り回っとる」

「何をする気なのだろう」

「知らんわ。けど、どうせろくなことやないやろ」

「鶴脛温泉での騒ぎの真相は摑めたか」

「黒脛衣が嚙んどるのは間違いない。けど、最上家にも同心者がおるようや。さすがに奥州は伊達家の本拠やからな。迂闊に探りを入れたら命に係わる。まぁ、あとちょっと待っとってや」

と、そこへ。

険しく急峻な石段を一人の僧侶が駆け登ってきた。かなり慌てているらしい。山寺での修行で石段の昇り降りは慣れているであろうに、激しく息を切らせていた。

「ほな、またな」

鬼蜘蛛はサッと姿を消した。

駆けつけてきた僧侶は、そろそろ初老に達しようかという年齢で、香を焚きしめた法衣を着ていた。この寺院ではかなりの高位であろうと思われるのだが、使いに出された小僧のようにつっ走ってきた。

「波芝殿か。ここにおられたか」

何が起こっているのか理解できない信十郎は、気の抜けた相槌をうった。

僧侶はグイッと、信十郎の煤けた小袖の袖を握った。

「御家老様がお待ちでござる。いざ、まいられよ」

「御家老様？」

信十郎は不審げに眉をひそめたのだが、

「いざいざ」

と力任せに僧侶に引きずられ、石段から下ろされた。さすがに修行道場の法師である。力が強い。

とにもかくにも僧侶につづいて長い石段を駆け降りた。御家老様とやらは麓の本坊で待っているらしい。

石段を降りるうち、山霧の真っ只中に突入した。視界が真っ白になった。袖のあたりがあっという間に湿ってきた。

僧侶が怨ずるような流し目を向けてきた。

「なにゆえご身分を明かしてくれませせなんだ」

「身分？」

「左様。御家老様のお知り合いである、とお明かしくだされば、無礼は差し控えましたものを」

「それがし、無礼など受けてはおりませぬ」

「本坊の客間にお通ししましたのに」

「昨夜の宿坊でも、十分に歓待していただきました」

世俗の権威から隔絶しているはずの山門でも、やはり大名家の力というものは無視できないようだ。まして立石寺は最上義光に再興してもらった道場である。最上家中は別格扱いなのであろう。

「ところで、御家老様とは、いったい、どなた様のことでございましょうか」

本来なら大変に訝しい質問であっただろうが、僧侶は僧侶なりに解釈して答えた。

「新しい御家老様にござる。松根備前様。楯岡甲斐守様のことではござらぬ」

「ああ、松根様か」

鶴脛温泉で手紙を渡した相手だ。

「ああ、松根様か、ではござらぬ！　御家老様をお待たせするとは不届き千万！」

噛み合わぬ珍問答を繰り広げながら、信十郎と僧侶は本坊に走り込んだ。

松根備前は本坊奥の客殿に通されていた。床を背にして茶を喫しながら待っていた。

供の者の姿はない。

山霧が押し寄せてきているので、雨戸はすべて閉めきられていた。山霧が屋内に入り込むと畳も調度もビッショリに湿ってしまうからだ。

室内は当然に暗い。夜のようである。

「おう」

備前は、信十郎が入っていくなり、ホッとしたように顔を上げた。茶碗を茶托に戻し、家老らしい威儀を整えた。

「一別以来であるな。まぁ、お座りあれ」

僧侶が席を用意してくれる。信十郎は折り目正しく腰を落ち着けて平伏した。

「御家老様におかれましては、ご機嫌麗しく、なによりのことと存じまする」

「ところが、それほどご機嫌麗しくもないのだ」

軽口を飛ばしたが、渋い表情だ。僧侶に目で合図する。心得きった僧侶は深々と一礼してから下がっていった。

松根備前はあらためて信十郎に目を向けた。

「探しましたぞ、波芝殿」

「よく、ここがおわかりになりました」

「我らにも耳目《じもく》はござるゆえな。ま、諸国を流れ歩く方々が身を寄せる場所は、おおよそ決まっており申す。すぐに見つけられましたわい」

「いかさま。ごもっともでござる」

と、唐突に松根備前は、上座から降りると畳の上で深く一礼をよこしてきた。

「過日は、我らが主君をお助けくださり、なんと御礼申してよいものか言葉もござらぬ。このとおり、最上家を代表して家老の松根が感謝申し上げる」

「お、お手をお上げくださりませ」

なにやら最近、偉い人に頭を下げられてばかりいるような気がする。

それからしばらく、過剰な褒め言葉と冷や汗まみれの謙遜の応酬があった。

ようやく一段落ついたあとで、信十郎は表情を改め、訊ねた。

「して。御家老様が御自ら、それがしをお尋ねくだされた趣《おもむき》とは？」

「さればよ」

松根備前も口調を改めた。

「波芝殿にはご迷惑とは存ずるが、いましばらくのあいだ、最上家にご助力いただくわけにはまいりませぬか」

「助力」

自分に何ができるのかはわからない。が、将軍秀忠からは天下静謐《せいひつ》のために働くよう依頼されているし、なにやらこの最上領で、目下の宿敵、屋代勘解由が暗躍している気配もある。まして家老自らの懇請とあれば、最上領内にいるかぎり、断るわけにもいくまい。

「しかし。いったい、御当家はどうなっておりますのか。それをお教えいただかぬうちは、軽々にご返答申し上げられませぬ」

「左様じゃな。まずはそれからお話しせねばならん」

松根備前は苦渋に満ちた表情で語りはじめた。

「今は亡き光禅寺殿、つまり義光公は、名うての『人たらし』でござった」

「人たらし？」

「左様。義光公は豪傑であったように思われておるが、あれでいて、なかなかの諂《へつら》い上手でござってな……」

豊臣秀吉が北条征伐のため、東国に大軍を進めてきた際、最上義光は時代の趨勢を読みきって秀吉に接近した。娘の駒姫《こまひめ》を人質に差し出して臣下の礼をとったのだ。

秀吉とすれば、出羽探題の名門であり、足利将軍家の一門がすり寄ってきたのだから、嬉しいことであったろう。当時、秀吉の後継者とされていた秀次に駒姫を妻合《めあ》わせ、側室とさせた。

義光の嫡子、義康は、羽柴の姓を下賜されて、準・豊臣一門として遇された。最上家は豊臣政権下で順風満帆の船出をきったのである。

が、その一方で義光は、徳川家康を籠絡するのも忘れなかった。次男の家親を徳川家康に預けたのだ。

家康は『人質』が送られてきたことに驚くと同時に喜んだ。この頃の徳川家は豊臣政権下の一大名にすぎない。家親が才気に長けた美少年であったので、なおさらのこと厚遇し、人質としてではなく直参旗本の扱いで迎え入れた。

さて、そうこうするうちに秀吉は死に、関ヶ原の大合戦に家康が勝利した。家康は人生の総決算とばかりに、豊臣秀頼を抹殺すべく動きはじめた。

世の中が大きく動くのを見据えるうちに、義光の考えも変わってきた。

豊臣家に親しみすぎた義康が邪魔になってきたのである。

件《くだん》の駒姫は、秀次の切腹の際、秀吉の命で斬首された。秀次の子を宿していたら大事である――という理由で、懐妊しているかどうかもわからないのに殺されたのだ。

この一件もあって、義光は豊臣家に見切りをつけた。

家康は家親に最上家を継がせたがっている、と『人たらし』ならではの直感力で読みきった義光は、家康と談合したうえで義康を廃嫡し、家親を後継者に据え直した。最上家をあげて徳川方に与《くみ》することに決めたのだ。

喜んだのは家康と秀忠だ。その結果として今の最上家の立場がある。出羽奥州の要石として、譜代大名に準ずる厚遇を受けることができるようになったのだ。

が、しかし。

「それでは、最上の家臣どもの収まりがつかなかったのでござるよ」

当時義光は六十代半ば。息子とはいえ義康も三十六歳の壮年であり、義康の直臣たちも最上家中で重きをなして活動していた。次期最上政権とでも呼ぶべき家臣団が、義康失脚で宙に浮いてしまったのだ。

しかも義光はこともあろうに義康を暗殺してしまう。

一方、後継者として山形に乗り込んできた家親は、徳川家の旗本として育った男で、出羽のことなど何も知らない江戸者だ。

家中に親しい家臣など一人もいないし、家臣らも家親を敬愛していない。こいつがいるから義康様が殺されたのだ、と思っている。

これで騒動が起こらなかったら、かえって不思議というものだ。

そのうち、独裁者として君臨していた義光が死んだ。

義光の死を待っていたかのように、反・家親派は、義光三男の光氏《あきうじ》を担いで家親を排除しようとした。

家親派は先手を打って、光氏を暗殺した。

元和元年（一六一五）、家親の後見人だった徳川家康が死んだ。

天涯孤独となった家親を悲劇が襲う。

元和三年、楯岡甲斐守の屋敷で酒宴に興じていた家親は、帰城直後に発病し、手当する暇もないままに、不帰の客となったのだ。

次期当主を誰にするかで揉めに揉めた。結局のところ、家親嫡子の義俊が担ぎ上げられたわけだが、それで皆が納得したわけでは毛頭ない。

「こういう次第でござってな。今後も何が起こるのか、予断を許さぬ最上家でござるのよ」

松根備前は、ガックリと疲れきった顔つきで語り終えた。

聞かされた信十郎のほうまで疲れてしまう話である。しかもこの一件には、自分の父親と兄、豊臣秀吉・秀頼親子まで絡んでいる。

「それがしの微力でよろしければ、最上家の安寧のため、ご助力申し上げましょう」

と、そう答えるよりほかなかったのだった。

二

同じ頃、柳生十兵衛は、鮭延越前の屋敷でガツガツと朝飯を貪《むさぼ》り食っていた。

「行儀の悪い若造めが。実に旨そうな食いっぷりだわい」

相も変わらず褒めているのか貶《けな》しているのか不明な口ぶりと顔つきで感想を洩らしつつ、鮭延越前が朝から酒を呑んでいる。

座敷もあるのに台所飯だ。鮭延屋敷の勝手口をくぐると、大きな土間と台所が広がっている。下男下女らが立ち働くその場所に、当主自らやってきて、板敷きの上にドッカリと座りこんでいた。下男どもも格別恐縮する様子もなく、一緒に朝飯をかっ食らっている。

これもまた『常在戦場』の流儀なのであろう。野陣であるかのように将兵ともに飯を食う。それが鮭延家の家風であるようだ。

そう考えればなかなかに油断のならぬ家である。殿様がこういう性格であるから、家僕の一人一人にまで緊張感が行き渡っている。今にも合戦に出陣しそうな顔つきなのだ。戦国時代の土豪の屋敷はこうであったのだろう、と思わせる雰囲気が台所いっぱいに溢れていた。

「ところで」

と、十兵衛は、昨日から気になっていたことを口にした。

「あの旗は、なんでござるか」

畳二枚分ほどの白い布地に、黒々と鳥の絵が描かれている。絵の横には戦勝祈願であろうか、勝軍地蔵の梵字が染め抜かれていた。

それだけなら軍旗であると理解できるのだが、なにゆえか、その旗は上下逆さまに掛けてある。しかも一番目につく場所に置かれているのだ。十兵衛でなくとも疑問を感じてしまうであろう。

「ああ、あれか」

と、鮭延越前は、嬉しいのか、腹立たしいのか、傍目には判別しがたい表情を浮かべた。

「あれは上杉の直江兼続《なおえかねつぐ》めが送ってよこしたものだわ」

「直江？　山城守《やましろのかみ》兼続殿が？」

これまた世間で知らぬ者のない名物男である。

否、正確には『だった』というべきか。直江山城守兼続は三年前にこの世を去った。兼続は、上杉家の家老であったのだが、家老でありながら三十万石もの大封を領していた。

上杉景勝が豊臣秀吉の命により、陸奥国会津百二十万石へ移封となった際、秀吉のお声がかりで三十万石を分け与えられた。百二十万石のうちの三十万石であるから領土の四分の一である。途方もない話だ。

秀吉は兼続のことがよほど気に入っていたとみえて、豊臣家の直臣扱いで遇していた。兼続も憚ることなく大名然として、他の大名たちと交際していた。

時は移って関ヶ原合戦の直前。

徳川家康は、前田利長、上杉景勝の態度が不穏であるとして、豊臣家筆頭大老の名目でそれぞれに糾問使を送りつけた。

前田家が早々に屈伏し、利長生母のまつ殿を人質として送ってきたのに対し、上杉家から送られてきたのは、直江兼続直筆の、家康に対する弾劾状であった。

世にいう『直江状』である。

家康は激怒し、上杉討伐に出兵した。その隙を突いて石田三成が挙兵して、関ヶ原の大合戦へと展開していくのであるが——。

その弾劾状を送ったことで、直江兼続は天下の名士となったのだ。日本じゅうの大名たちが汲々として家康のご機嫌を取り結んでいた時期に、正面切って家康の腹黒さを難詰した。口に出さねど皆一様に溜飲の下がる思いであったろう。

徳川家中の者ですら、直江兼続に対しては、一目も二目も置いていた。

尻尾を振って徳川家にすり寄ってきた大名らに対しては、軽蔑の感情を隠しもしない旗本たちだが、直江兼続だけは、敵ながら天晴れの硬骨漢である、と敬服していたのだ。

その直江兼続であるが、関ヶ原で盟友・石田三成が合戦しているその日に、上杉軍二万七千の兵を率いて最上軍と戦っていた。

最上領に攻め込んだ上杉軍と直江は、上山城と長谷堂《はせどう》城を厳重に包囲した。

この頃の最上家の石高は二十四万石である。一方の上杉は百二十万石。直江だけでも三十万石。圧倒的な兵力差だ。

だが、最上家中は驚異的な粘りをみせて善戦した。

鮭延越前が天下の名物男となったのは、まさにこのときのことである。長谷堂城に副将として籠城した越前は、城兵二千数百で上杉軍と対決した。

相手は自軍にほぼ十倍する大軍。しかも、上杉謙信に鍛えられた日本一の強兵だ。釆を振るのは智将で知られた直江兼続。

こちらは肝心の長谷堂城が『山賊の砦』程度の規模でしかなく、山形から送られてきた援軍すら収容しきれず、近在に野営させているようなありさま。

鎧袖一触《がいしゅういっしょく》に攻め潰される。と誰しもが予想をしていたのだが——、案に相違してこれが落ちない。

鮭延越前ら最上の将兵は粘りに粘る。近隣の出城に部隊を配して迎撃させ、また、周囲の深田を濠に見立てて頑強な抵抗を展開した。

さすがに直江兼続は智将である。たちまちのうちに一計をひねり出した。

最上勢が抵抗しつづけることができるのは、城に籠もっているからである。なにゆえ最上勢が城に籠もっているのかと言えば、上杉が大軍だからである。

それならば、こちらから隙を見せてやり、最上勢を釣り出せばいいのである。

兼続は、体力気力に乏しい弱兵ばかりを選抜し、寡兵に仕立てて長谷堂城に接近させた。

鮭延越前は上杉隊の惰弱を見抜くと、城門を開き、兵を率いて突出してきた。あっと言う間に上杉隊を圧倒する。

もとより闘志に乏しい弱兵たちは、算を乱して敗走した。鮭延隊は嵩《かさ》にかかって追撃してきた。

——しめた！

と直江兼続はほくそ笑んだ。まんまと大魚が餌にかかって釣り出されてきたのだ。

鮭延隊を十分に引き寄せてから、兼続はサッと采を振るった。

「かかれ！」

攻守逆転。

今度は鮭延隊の劣勢。上杉軍に攻めかかられて、さしもの越前もなす術がない。

「退けッ、退けィッ！」と、悲鳴にも似た叫びをあげて逃げ出した。

すかさず兼続は追撃を命じた。

長谷堂城は鮭延隊を収容するため城門を広く開けるであろう。上杉軍はその隙に乗じ、鮭延隊の後ろにピッタリとついて城門が閉じられる前に城内に突入する。

いわゆる『付け入り』である。『付け入る隙を与えない』という成語のもととなった戦術だ。

上杉軍は付け入りの隙を狙って猛追した。

だが、直江兼続は、ここで信じがたいものを見た。

城門が閉じられていたのである。

代わりにヌウッと、鉄砲の筒先を向けられた。城壁、櫓、木の柵から、何百挺もの鉄砲が突き出されてきたのだ。

轟音。

付け入りのために長谷堂城に接近しすぎていた上杉軍は、散々に撃ち竦《すく》められ、無意味に死傷者を重ねていった。

そこへ、城外で待機をしていた鮭延隊が突入してくる。鮭延越前が逃げ出したのは、実は、上杉軍を釣り出すための芝居だったのだ。

直江兼続と上杉軍は、最上勢を釣り出すつもりで、逆に釣り出されてしまったのである。

絶え間のない銃撃と、鮭延隊の斬り込みに翻弄され、上杉軍は大敗した。

この激戦の最中、一人の男が闘死している。

上泉主水泰綱《かみいずみもんどやすつな》。あの上泉伊勢守信綱《いせのかみのぶつな》の孫であり、このときは上杉家に仕えていた。

無論のこと、祖父が剣豪だからといって、孫も剣豪であるとはかぎらないが、いずれにせよ高名な武者であり、最上家にとっては大金星である。

柳生石舟斎と丸目蔵人佐に剣を教えたのは上泉伊勢守である。十兵衛や信十郎にとっても、まんざら無関係な相手ではない。その泰綱を討ち取ったのが鮭延越前の手勢だったのだ。


なんと最上勢は半月ものあいだ、この小城を守りつづけた。

上杉軍とて臆病風に吹かれたわけではない。謙信以来、無敵を誇った日本一の強兵である。その誇りを最上の土豪なんぞに踏みにじられ、怒り心頭に発した上杉軍は、復仇を誓うと炎のように攻めたてつづけた。

上杉は大軍である。朝昼晩と交代で攻めつづければ最上勢は休む暇もない。事実、大量の死傷者を出しはじめた。

最上兵は仲間の死体を土嚢のように重ねると、その陰から矢玉を放って応戦した。

こうして、直江兼続と上杉軍がグズグズしているうちに、関ヶ原合戦が終わった。石田三成は処刑され、西軍の諸大名は家康に降伏した。

こうなっては最上攻略どころではない。家康の大軍が押し寄せてくる前に撤兵しなければならない。直江兼続は退却を発令した。

すると今度は鮭延越前が追撃戦に討って出てきた。

追撃とはいえ、相手は二万七千の大軍。鮭延勢は籠城戦で疲れ果て、動ける者はせいぜい数百。迂闊に攻めかかれば追撃どころか包囲殲滅されてしまう。

ところが越前、臆することなく突進し、さながら錐を揉むようにして上杉陣に穴をあけると、飢狼の群れのごとく直江の本陣に襲いかかった。

このとき、上杉軍は、まさか最上勢が追撃を仕掛けてくるとは思っていなかった。上杉の大軍に休むことなく攻めかかられ、矢玉も尽きて満身創痍の最上兵たちに、そのような体力と気力が残されているとは思えなかったからである。

にもかかわらず最上勢は山津波のように長谷堂山を駆け降りて、直江の陣所に襲いかかってきた。鮭延越前と最上勢の闘志は兼続の常識をはるかに超えていたと言えよう。

「殿軍《しんがり》は主将のそれがしが承る」などと格好をつけていた直江兼続だったが、かくして、思いもよらぬ肉弾戦に引きずり込まれてしまう。

前田慶次郎《けいじろう》という男がいる。

直江兼続の親友で、このときも直江隊に加勢していた。

苦戦の最中、敵陣に向かって立ち小便して、度胸のあるところを見せつけた、というエピソードの持ち主だが、鮭延越前は、この立ち小便を敵陣の側から見ていたはずである。

結局のところ前田慶次郎はこの戦において、立ち小便でしか自分をアピールすることができなかった。

越前の追撃はつづく。さらには義光率いる山形城の本隊も参戦してきた。

最終的に上杉軍は兵力に物を言わせて立ち直り、また、最上義光が深追いを嫌ったことで兼続は命を拾ったが、屍山血河、ほうほうの態で引き上げていった。

かくして、鮭延越前の勇名は広く全国に轟き渡った。

のであるが――。

「そのときに奪った軍旗でござったか」

伝説を目の当たりにした思いである。柳生十兵衛は賛嘆とともに見つめた。

だが。

「違う」

と、不機嫌に顔をしかめさせて、鮭延越前が首を横に振った。

「直江のほうから送りつけてきおったのだわ。今、そう申したであろう」

「軍旗を?」

「左様」

「なにゆえ」

鮭延越前は、カーッと、痰唾でも吐くような奇声を洩らした。

「それがあの口舌の徒の、小賢しいところなのだわ!」

柳生十兵衛は畳水練、直江兼続は口舌の徒。なかなかに小気味よい毒舌である。鮭延越前はチャンチャンと食器を打ち鳴らすようにして、直江批判を展開しはじめた。

二万七千もの大軍を擁していながら、小城の一つも落とせなかった兼続は、自分の口から鮭延越前を絶賛した。

曰く、『鮭延が武勇、信玄、謙信にも覚えなし』

信玄や謙信の戦いぶりを知っているわたしだが、鮭延ほどの武勇は見たことがない、というのである。

「ほざけ馬鹿者!」

その鮭延が怒声を張り上げた。

「おのれが惨めに敗れたからと申して、敵を褒め上げる馬鹿がどこにおる！」

台所で激怒しはじめた鮭延越前を、柳生十兵衛が目を丸くして見守っている。鮭延家の小者や女房衆は慣れっこなのか、自分の食器を黙々と片づけて、朝の仕事に取りかかっていた。

「しかもだ！」

はるか二間先から飛んできた唾が、十兵衛の膝元で弾けた。

「かつておのれが仕えた主を引き合いに出すとは、なんたること！」

さらに、

「しかもおのれの旗印を、送ってよこすとはなんたる破廉恥！」

なのである。

十兵衛はいささか辟易しつつ訊《たず》ねた。

「なにゆえ軍旗など送ってきたのでござろうか」

「豫譲《よじょう》の故事に習って、とか申しておったわ」

「ヨジョウ？　なんです、それは」

「大昔の唐土《もろこし》で、主君の敵《かたき》を討ち取り損ねた男の名だわ。命を拾った敵のほうが、

『心残りであろうから、これでも刺して、殺したつもりになって辛抱せい』と、自分の着物を渡したのだとかいう――、そんな話はどうでもいいわい！」

一万二千石の領主だけあって、漢籍にも通じているらしい。

越前は激怒しつづける。

「このわしが直江めを仕留め損なったものだから、『さぞお悔しいでしょう。軍旗を送るので、せめてこれでお心を安んじくだされ』とかなんとか、口舌の徒らしい小賢しさで、せんでもよいことをわざわざしてきよったのだ！」

十兵衛は、ふたたび繁々と、直江の軍旗を眺めた。

「それでは、上下逆さまの意味は？」

だが、鮭延越前は、さも不思議そうな顔つきで訊ね返した。

「逆さま？　いいや、逆さまではないぞ」

「しかし……」

梵字を読むに天地が逆だ。鳥の絵も、常識的に考えて頭が上、足は下向きになるべきだろう。

「いいや。これでいいのだ！　わしが直江に攻めかかったとき、たしかに直江はこういう向きで旗を掲げて逃げて行きおった。だから、これでいいのだ！」

鮭延越前は実に嫌らしい笑い声をあげた。

柳生十兵衛は啞然として声も出ない。

命からがら逃げていくとき、旗棹の上下を取り違えることはあるかもしれない。だが、それをこうして皮肉たっぷりに宣伝することはあるまい、とも思う。

わざわざ旗を逆さまに飾って、『なぜ逆さまなのですか』と質問されるのを待っているのであろう。

「しかし、武士《もののふ》の心意気と申すものが……」

「なぁにが心意気か！　直江め、大軍を擁しながら小城一つ落とせなんだのが悔しくてならぬ、恥ずかしくてならぬ、外聞悪くてならぬ。それゆえこのような小賢しいまねをして、このわしを出汁《だし》にして、よい格好を取り繕おうという算段なのだわ！」

父親の柳生宗矩もへそ曲がりだし、自分自身の反骨も自覚している十兵衛だが、さすがにこの老人ほどには、ひねくれていない。

――こいつぁ、いってぇ、どうしたもんだろうか。

他人事《ひとごと》ながら、心配になってきた。

# 三

その夜。鮭延屋敷にドヤドヤと、最上家の若侍たちが雪崩込んできた。

十兵衛は越前の座敷で越前と歓談していた。

というか、越前の『思い出すだけで腸《はらわた》が煮えくり返るが、語らずにはいられない戦の思い出』を聞かされていたのだが、そこへ足音も高く、家中の侍たちが踏み込んできた。

「越前殿！　もはや猶予はなりませぬぞ！」

斬り込みに来たのかと思ったら、そうでもないようだ。どうやら越前に心を寄せる者たちらしい。越前の党派だけあって鼻息が荒い。皆々殺気だっていた。

「義俊めと松根備前は、我らを押し退け、江戸詰の藩士らで家政を牛耳《ぎゅうじ》ろうという魂胆でござるぞ！」

「このままでは我ら、座しておのれの朽ち果てるのを待つばかりでござる！」

十兵衛は、咄嗟のこととて座敷奥の暗がりに身を潜め、気息を絶っていたので、家臣たちには、そこに十兵衛がいる、ということにすら気づいていない。

この時代の照明はきわめて暗い。座敷が広いうえに襖などの遮蔽物がたくさんある。侍たちは頭に血を昇らせているので、ますます周囲に気が回らない。

越前は、そこに十兵衛がいると知りながら、剣呑な話を遮りもせず、難渋な顔つきで口を開いた。

「義俊め、あの小僧、鶴脛温泉で暗殺されかかったようじゃな」

「いかにも。温泉宿は曲者どもの骸《むくろ》でいっぱいだった、とか」

鮭延越前はカラカラと笑った。

「返り討ちか。義俊め、あの小僧にしては、よう、してのけたわ」

「笑いごとではございませぬ！」

越前以上に血の気のありそうな若侍がにじり寄った。

「その一件で、上山兵部様が窮地に陥っておられるのです！」

「なぁにを申すか」

越前はギロリと目を剝いた。

「『主君を殺し損ねたので窮地に陥りました』などと呑気なことを言っておる場合か！　わしが兵部であれば、上山勢を残らず引き連れ暴れ回って、今頃はこの山形を火の海にしておるわ！」

「お待ちくだされ越前様、それは誤解にござりまするぞ」

「なぁにが誤解か」

「お聞きくだされ。——どうやらあの暗殺は、義俊めの自作自演であった由」

「なにぃ⁉ 誰がそのようなことを申しておったか」

「仙台公から御使者がまいられて申すには、胡乱《うろん》な者どもが仙台城下に現われ、浪人者を雇い入れ、怪しげな振る舞いに及んでおったゆえ、取り押さえてみれば、それがなんと……」

「なんと、なんじゃ？」

若侍は面を伏せて拳で袴をギュッと握った。

「松根様に取り立てられた者である、とか……」

越前は鋭い眼光で若侍を睨みつけた。

「その曲者とやら、今はいずこにおる」

「伊達家の捕り方に囲まれて、万策尽きたのか、自害を——」

「その曲者が、仙台で集めた不逞浪人を上山に送り込んだ、と申すのだな」

「仙台公のお使いが申すには、そのように……」

多少、不自然さを感じさせる話ではある。だが、若侍らは、疑念を振り払うような勢いで詰め寄ってきた。

「兵部様は無実にございまする！　その証拠に上山勢は動く気配もなし！　兵部様が仕組んだ暗殺なら、兵部様は兵を挙げるか、他国へ逃れるかなされるはず！」

「それはそうじゃろう」

「義康様が殺されたことをお忘れくださりますな！　家親は、兄の義康様、弟の光氏様を殺した極悪人！　義俊は家親の子！　悪鬼の血が流れておるのですぞ！」

別の若侍が口ごもりながらつづけた。

「こ、このままでは、右衛門太夫様のお命まで危うい……」

山野辺右衛門大夫義忠《よしただ》は義光の四男である。長子義康、次子家親、三男光氏が非業の最期を遂げたので、生存している義光の子としては、最年長だ。

家親が頓死した際、反義俊派はこの山野辺義忠を担ぎ上げようと運動していた。今も義俊を引きずり下ろし、山野辺義忠を藩主の座に就かせようと策謀している。

実は、鮭延越前は、山野辺派の首魁でもあった。

別の若侍が袴の膝を寄せてきた。

「ときに越前様。越前様は、江戸より下ってまいられた武芸者なるお方を屋敷内に招かれたとか」

「ああ。左様」

「お聞きくだされ、そのお方は柳生但馬守様のご子息にて、土井大炊頭様とも親しく口を利かれるほどのご身分、と聞き及びましたぞ！」

「左様か」

十兵衛は家光の小姓であった。土井大炊頭利勝は家光付きの年寄である。十兵衛とは上司と部下の関係にあった。口を利くのは当然だ。

十兵衛本人に自覚はないが、実は十兵衛は『雲の上の人』なのである。

「これぞまさしく天佑神助！　柳生の若殿を我らの陣営に取り込めば、我らの大望は叶ったも同然！」

越前は苦々しい顔をした。

「たしかにそれも、一考ではあろうがのぅ……」

「お気が進みませぬか」

「気は進まぬが、戦となれば、ありとあらゆる策略を巡らすのが兵法と申すものだ。否も応もない。しかし、本人がなんと申すか……」

「お尋ねくだされ。ぜひ！」

「それなら、自分で聞いてみるがよい。ほれ、そこにおる」

越前は下唇を突き出して、顎をしゃくった。

薄闇の中に黒い衣の柳生十兵衛が座っている。ようやく気づいた若侍らは『アッ』と叫んで飛び上がった。

十兵衛は、刀を抱えて考えている。チラリと隻眼を越前に向けた。

「これから最上家は喧嘩、でござるか……」

「いかにもじゃ」

若侍らは、今度は十兵衛を取り巻いて詰め寄ってきた。

「柳生殿！　お聞きのとおりでござる！　是非とも我らにご助力を！」

「家光様ならびに大炊頭様にお口添えを！」

十兵衛は「むう」と考え込んでしまった。

喧嘩騒動は大好きだが、この喧嘩はいくらなんでも巨大に過ぎる。宗矩に叱られること間違いなしだ。というか、最上家五十七万石の大喧嘩に巻き込まれたら、柳生家にまで累が及んで取り潰し、などという最悪の結果もありえた。

だが。

背後の襖がカラリと開いて、柳生の剣士——実は隠密の野上平太郎《のがみへいたろう》が入ってきた。

「お引き受けなされ、若殿」

「あ？」

十兵衛は首をよじり、思わず馬鹿ヅラを晒して、父の腹心を見上げてしまった。

普段なら、口うるさく諫言して、あれこれと行動を掣肘《せいちゅう》する野上が、恵比寿様のような笑みを浮かべていた。

「つらつらと伺えば、大義は山野辺様のご一党にあること疑いなし。――義を見てせざるは勇なきなり、と申しまするぞ、若殿」

急にどうしてしまったのか、と不安すら覚えた十兵衛を尻目に、野上は堂々と座敷に入ると、剣士とは思えぬ如才なさで若侍たちを褒めちぎった。

曰く、「最上家の旧弊を正すのは、若いあなたたちをおいてほかにない」とか、「若い力を合わせれば最上家五十七万石、ますます栄えること必定なり」だの、「最上家はよい人持ちだ」とか、聞いている十兵衛のほうが恥ずかしくなってくるようなおべんちゃらである。

田舎侍らは、柳生の主従を『江戸の幕閣』そのものと見做しているらしい。気の毒になるほどに喜び勇んだ。

それからお決まりの酒宴である。これが楽しくて徒党について回っている者もいるのであろう。

歌い騒いでおだをあげる若侍らを眺めながら、ますます十兵衛は憂鬱になってきた。

十兵衛は野上の耳元で訊ねた。

「どういうつもりだ？」

すると野上は、若侍らの歌声に手拍子を合わせつつ、目元にだけ冷酷な光を浮かべて囁き返してきた。

「最上家の内情を探れ、というのが、宗矩様の御諚。最上家の内情を探るには、こうして懐に飛び込むのが一番でござる」

「だが、このままでは最上は家臣同士で大喧嘩を始めるぞ」

「かまいませぬ」

鋭く言いきられて、さすがの十兵衛も顔色を変えた。

「どういう意味じゃ」

「お忘れあるな、若殿。宗矩様の目下の政敵は本多正純。この最上家は正純の与党」

「だからなんじゃ」

「正純めの居城、宇都宮の北方を、正純ときわめて親しい最上家が固めておる。これでは公方様とて容易に手は出せますまい。それゆえ、この最上家の内紛は、将軍家にとっても、大殿にとっても、好都合なのでござる」

「なんじゃと！　それでは――」

「左様。それがし、最上の内紛を煽り立てる所存でござる」

「馬鹿な！　最上家は上様のご信任が厚い大名家であるぞ」

「二代様は、少々お心がお優しすぎる。土井大炊頭様は常々そう仰っておられる。上様は、最上家が本多正純めに合力したときの恐ろしさに気づいておられぬのです」

「どうあっても最上を取り潰す、と、それは……、大炊頭様のご意向か！」

「大炊頭様と、宗矩様のご意向でござる。若殿も、そのつもりでお励みなされ」

「むむ」

「何を悩んでおられる。若殿は家光公のお小姓ではございませぬか。大炊頭様は家光公付きのお年寄り。家光公が将軍とお成りになった暁には、天下の権を握られるお方。恩を売って損はござらぬ。さらに申せば、大炊頭様のために働くのは、家光公のお小姓として、当然のことにございましょう」

と、決めつけた。

十兵衛は、鼻の穴から長い溜め息を洩らした。

――どうする……。

知らず知らずのうちに、大人たちの汚い政争に巻き込まれている。兵法修行一筋に生きてきた剣術馬鹿の自分では、何をどうすればいいのか見当がつかない。

たしかにこの最上家は、いまだに『臨戦態勢』だ。『邪魔な敵は殺してしまえばいい』という、戦国時代の論理が生きている。だから、事あるごとに暗殺騒ぎを起こすのだ。

そんな火薬玉みたいな連中が五十七万石を抱えている。

――今の徳川家で統制できるのかぇ？

と、十兵衛でさえ、そう思う。秀忠、家光親子の性格と政治能力を身近で観察しているだけに、よけい危うく感じられるのだ。

徳川家のためを思えば、こんなやつら、とっとと潰してしまったほうがいい。だが十兵衛は、鮭延越前をはじめとする最上の豪傑たちに心を惹かれはじめている。策略をもって敵を倒していく土井利勝や宗矩などより、よほどに愛せる人々なのだ。

――あいつなら、どうするのだろう……。

ふと、信十郎を思った。

――あいつなら、フラッと出ていって、そのまま戻ってこねぇんだろうな……。

失うもののない人間は気楽だ。十兵衛はしみじみと痛感した。

# 四

十兵衛は成り行きで、山野辺派に与することになってしまった。

一宿一飯の恩義ではないが、鮭延越前屋敷に滞在しているかぎりは、山野辺・鮭延の一派と関わらざるをえない。

山野辺派の若侍たちの言い分からすると、どうやら、松根派の放った刺客が城下に潜んでいて、山野辺右衛門太夫の命を狙っているらしい。

「中でも、松根備前の屋敷に寄宿しおる浪人が、恐ろしい凄腕と聞き及びまする」

若侍の一人が口から唾を飛ばした。

「鶴脛温泉で義俊公を襲った曲者どもを斬り捨てたのも、その男とか」

十兵衛にすれば「ふーん」という話である。

実際に顔を合わせれば、互いの剣気に反応し、闘志を沸かせることもあろうが、見も知らぬ相手の噂話に興奮するほどの暇人でもない。

とにもかくにも十兵衛は、暗殺などという手段は好きではない。

最上家中の争いのどちらかに与するものでもないが、ひたすら暗殺者を倒していけば、この騒動も収まるのではあるまいか、などと、十兵衛なりに考えたりしていた。

月光の下、城内を歩く。山形城の三ノ丸には家臣の屋敷しか置かれておらず、武家屋敷の通例で敷地面積が広いわりには人が少ないので、夜ともなると不気味なほどの静寂ぶりだ。

どこに誰が潜んでいるのか知れたものではない。

もっとも、山野辺や鮭延など最上家の重臣たちまでもが、公然と主君に叛意を示しているのであるから世話はない。義俊からすれば、曲者が城内に屋敷を構えているようなものだ。

ともあれ十兵衛は、ブラブラと気の向くままに歩いた。もともとが、あまり考えごとの得意な男ではない。

だが、気ままに歩いているようでいて、その足どりはどこか目的の場所に向けられている。どこへ向かって歩いているのか、それは十兵衛にもわからない。

だが、十兵衛の研ぎ澄まされた感覚は、たしかに何か、異様な気配を察知している。

十兵衛の足は引きつけられるようにして、異様な何かに向かっていた。

「ムッ……!?」

十兵衛の隻眼が顰《しか》められた。

闇の中で怪しい者どもが動き回っている――ような気配を感じた。

「この屋敷か?」

百石程度の下級藩士の屋敷であろうか。

白木の簡素な板塀を見上げ、屋敷内の気配を探り、息を潜め、足音を忍ばせつつ塀を巡って門扉をそっと押し開けた。

武術の修練が進むと、武芸者の五感は超人的に研ぎ澄まされる。人によっては超能力のようなものまで身につけてしまうものらしい。

宗矩の目指す『活人剣』などの近世剣術界では、そのような覚醒を心底嫌っていたらしく、とくに夕雲流においては『畜生ばたらき』などと呼んで頭から否定していたようだ。

剣術の達人が目指すべきは禅僧のごとき境地であって(剣禅一如)、飢えた狼のような鋭い五感や闘争心などを目指すべきではない、ということであるらしい。

とにもかくにも十兵衛は、宗矩の思いとは裏腹に鍛え上げられた視覚や聴覚を研ぎ澄まし、足音を忍ばせて屋敷内へと踏み込んでいった。

どうやら、この屋敷は本来空き家であったようだ。床には埃が積もっている。が、何者かが土足で出入りしているらしく、草鞋の足跡がそこここに残されていた。十兵衛は足跡をたどってさらに奥へと進んでいく。蒼い月光が障子を照らしている。夜目には十分な明るさであった。

一番奥の座敷から、密やかな話し声が聞こえてきた。十兵衛は縁側から庭に降りて、足音を殺しながら接近した。

——五人……、いや、六人か。

障子越しに怪しい気配を数える。逆に十兵衛は気息を完全に絶っている。忍者の修行をしたわけではないが、一流の剣客ともなれば、この程度の芸当は当然のように可能であった。

座敷内でザワッと気配が動いた。なにやら重要な断が下されたらしい。

「いつ、やるのだ」

くぐもった男の声が聞こえてくる。覆面で口を覆ったまま喋っているようだ。

「今宵のうちにも」

別の男の声がした。貫祿を感じさせているところから推察するに、この集団の組頭であろう。

「今宵とは、また、急だな」と、別の声。「上山兵部の屋敷は固いぞ。そうやすやすと寝所に辿りつけるものか」

「心配はない」と組頭。「すでに手引きの者を潜ませておる。そやつが門を開けてくれるばかりか、宿直《とのい》の者に眠り薬を飲ませる手筈となっておる」

「ほう」

組下の者どもが一斉に、感心とも安堵ともつかぬ溜め息を洩らした。

十兵衛は――、

――こいつら、松根備前の手の者か、

と思った。

松根備前が不逞の者どもを雇って山野辺右衛門太夫や上山兵部を暗殺せんと目論んでいる――という話は、山野辺派の若侍たちから嫌になるほど聞かされていた。

――なるほど、こいつらが、そいつらか。

短絡的に判断した十兵衛は、腰の刀を閂に差し直し、左手の親指でグッと鐔《つば》を押して鯉口を切った。

「おい、出てまいれ」

庭先から高らかに声をかける。相手は多勢であるが、山野辺派の若侍らを呼んでくる、とか、奇襲で機先を制するとかは、一切考えていなかった。

放った声音もおっとりとして呑気である。だが、低く構えて抜刀寸前の腰つきだけは、微塵の隙もなく殺気だっていた。

障子がカラリと開けられて覆面の男どもが一斉に顔を出した。彼らの目には、青白い月光を背に浴びて、白い玉砂利を踏みしめて立つ漆黒の影が映ったはずだ。

覆面の男たちは「あっ」と叫んで飛び出して、十兵衛を取り囲んだ。

「曲者め！　どこから入り込みおったかッ！」

十兵衛は、隻眼でじっくりと見回しながら、薄い唇をニヤリと歪めさせて笑った。

「曲者はお前ェらのほうじゃねェのか」

と言った瞬間、腰が反転し、黒塗りの鞘から太い銀色の光芒をほとばしらせた。

一瞬にして抜刀し、曲者の一人を斬り倒す。

斬られた曲者がドサッと倒れた。他の者どもは呆然として、十兵衛の手腕を見つめていた。

が、我に返って一斉に抜刀した。

「こやつめ！」

と、斬りつけてきた曲者の太刀を十兵衛はガッキと受け止め、背伸びをするように伸び上がって跳ね返し、返す刀で斬りつけた。

ズカッと鈍い音とともに曲者の腕が落ちる。刀を握ったままの腕が二本同時に転がった。

「ぐわっ！」

腕を斬られた忍びは、切り口から鮮血を噴きながらのけ反った。十兵衛の剣はさらに真一文字に切り払われた。曲者の喉仏を斬り裂いた。

傍らの忍びたちの目には、銀色の光が二回、円弧を描いたようにしか見えなかったであろう。

曲者は背中から玉砂利に倒れた。絶命の瞬間、肺の中から空気が溢れてきて、斬られた喉が笛のような音をたてた。まさに喉笛であった。

十兵衛は刀を八相に構え、ギロリと周囲を睥睨《へいげい》した。刀には血潮も脂もついていない。十兵衛の太刀行きが早すぎて血管から溢れた血がつく時間すらなかったのだ。

忍びたちは「オオッ」とどよめいた。

忍術修行に明け暮れた彼らの目で見ても、十兵衛の剣技は隔絶していた。何が起こったのか定かにわからぬまま、仲間を二人殺されていた。

さらに次の瞬間には、

「ぐわわわッ!!」

もう一人の忍者が、肩から袈裟懸けに斬り下ろされていた。何もできないうちに心臓まで切り裂かれて即死した。

「おのれッ！」

懐からクナイを出した忍者が、腕を振り上げた瞬間に、その腕を斬られた。振り上げた腕が血を噴きながら、背後に勢いよく飛んでいく。はるか後方の植え込みの中にドサッと落ちた。

吹き矢筒を咥えた忍者が、額から顎まで断ち割られた。まな板の上の瓜のように、丸い頭が真っ二つに割れた。

十兵衛の剣が一閃するたびに、忍者たちは急所を斬られて死んでいく。刀で抜き合わせる暇もない。肉と骨を断つ不気味な音だけが響くばかりだ。

ほんの数瞬のうちに曲者一組が壊滅した。最後に残った組頭だけは身を翻して遁走しようとした。

十兵衛は足元に転がっていたクナイを拾うと無造作に投げた。

腕はゆったりと投擲したように見えて、放たれた短刀は凄まじい勢いで飛んだ。

「ぐはっ！」

組頭の背に深々と刺さる。狙い違わず心の臓まで貫いていた。

十兵衛は無言で、庭に転がった六つの死体を眺め下ろした。

「……たわいない」

手応えがなさすぎて不満を覚えるほどであった。

ビュッと刀を振り下ろす。血振りをして、刀身についた血を払うのだが、払うほどには血も脂も付着してはいなかった。

懐紙で拭って鞘に納める。悠然と肩をそびやかせ、枝折り戸を押して庭を離れた。

このありさまを山野辺派の若侍らに告げれば、彼らがいろいろと調べたうえで死体も片づけてくれるであろう。

十兵衛は門をくぐって小路に出た。

と、そのとき。

「むっ……？」

十兵衛の隻眼がいっそう厳しく細められた。

月光に照らされた路の先に目を向ける。

何者かが一人で立っている。野放図に脱力しているように見えて、実は油断も隙もない立ち姿だ。

——できる……！

十兵衛は八目草鞋の底をジリッと滑らせて、月下の影と向かい合った。

——こいつが曲者の頭か。

忍び集団の指揮者であろうか。よほどの手練と見える。十兵衛を見てもまったく気息を乱していない。

——気に入らねぇ。

なぜかはわからぬが、十兵衛の反骨と闘志が燃えあがった。

十兵衛はズカズカと歩を進めた。月の明かりで相手の顔が判別できる距離まで近づいた。

そして、

「ややっ⁉」

と、間の抜けた声を放ってしまった。

「お前は⁉　なにゆえこの山形にいる」

すると相手も、十兵衛を見て少々驚いた顔をした。

「お主、柳生十兵衛、か……」

月光に照らし出されたその男は、十兵衛が生涯の仇敵とも、友とも想う、波芝信十郎その人であったのだ。

十兵衛は瞬時に覚った。

「松根屋敷の凄腕浪人とは、お前のことか!」

信十郎はすこし、困った顔をした。

「人がどう噂しているのかは知らぬが……、松根殿の屋敷に間借りしておるのは事実だ」

十兵衛はイライラとしてきた。この、鷹揚に構えた顔つきと物言いが、猛烈に不愉快なのだ。癇《かん》に触るのである。

——いちいち気に入らねぇ野郎だ!

気に入らないことはほかにもある。松根配下の曲者どもと行動をともにしている、ということは、すなわち最上の内乱を策している、ということではないか。

十兵衛は乾いた唇を舐めた。

——どっちにしろ、敵ってことかぇ。

柳生新陰流とタイ捨流、いずれは決着をつけねばならない相手だ。しかも、最上家中で対立している二つの派閥にそれぞれ与しているのだ。ここで斬りあう名目は十分に立つ。

――よし！

十兵衛は腰を落として右手を刀の柄に据えた。

「どうやら、決着をつけるときが来たようだぜ」

すると信十郎は、不可解げな顔をした。

「抜くのか。なにゆえ？」

「俺は鮭延越前の世話になっているんだぜ。遺恨はないが、松根に手を貸す野郎は捨て置けねぇ」

信十郎はますます困惑げに首を傾げていたが、ふと、思いついたように口を開いた。

「鮭延屋敷に出入りしている江戸の剣客とは、柳生一門のことだったのか」

「まぁ、そうだ」

「柳生は、この地で何事か企んでいるのか」

「む……」

たしかに、何事か企んでいる。宗矩の政敵、本多正純を失脚させるため、正純と親しい最上家を潰そうとしているわけだが。

父の陰謀を快く思わぬ十兵衛は、眉根のあたりに含羞《がんしゅう》を滲ませた。

十兵衛の無言を暗黙の肯定と受け止めたのか、信十郎の顔つきが厳しくなった。

「そういうことか。ならば遠慮はいらぬな」

信十郎はすらりと長剣を抜くと、右肩に高々と掲げて構えた。『甲段の構え』である。切っ先が夜空を突き上げている。ただでさえ長身の肉体が、さらに伸び上がって見えた。

一見、胴がガラ空きに見えるが、その胴へ斬り込めば、稲妻のごとくに剣が振り下ろされてくる。肥後人吉の郷士、丸目蔵人佐長恵《ながよし》が編み出したタイ捨流は、戦国往来、介者剣術の流れを汲む。鉄兜を砕くほどの一撃が打ち込まれてくるのだ。

「ふん。手前だって松根の使い走りじゃねぇか」

十兵衛も刀を抜くと、八相に構えて踏み出した。

二人の剣客はジリジリと歩み寄っていく。深夜の小路は人影もなく、夜風が梢を鳴らすばかり。

やがて、二人のあいだで剣気が大きく膨らんだ。間合いをはるかに越えた距離で、二人の身体が跳躍した。

「いぇえええいッツ!!」

十兵衛の唱歌が夜気を切り裂く。と同時に信十郎の剣が垂直に斬り下ろされてきた。

キインと金属音が響き、黄色い火花が飛び散る。二人の身体は入れ違いに走り抜けた。

「ぬっ！」

振り返った十兵衛の袖口が切り裂かれている。

が、皮膚までは達していない。抜き合わせた剣で弾かれて、わずかに切っ先がそれたのだ。

それにしても、真っ正面から撃ち合ってなお、袖を斬るとは恐ろしい手練である。並みの剣客であれば、十兵衛に抜き合わされただけで背後にのけ反ってしまうはずだ。

立ち位置を変え、ふたたび二人は向かい合った。またも信十郎は甲段に構え、十兵衛は今度は正眼に構えた。切っ先を相手の利き目につける。そのまま一気に刺し貫くつもりで切っ先に殺気を宿らせた。

二人はまたも、ジリジリと歩み寄っていく。間合いが縮んでいくと同時に、剣気が膨らんできた。

十兵衛、信十郎がともに踏み込もうとしたとき、

「何をやっている」

呆れ声がどこからともなく、聞こえてきた。

「成長しない者たちだな」

武家屋敷の板塀の暗がりから、白い小袖に紅い袴の美女がフラリと現われた。十兵衛はハッとして背後に飛び退いた。

「キリ姉！」

「キリ姉――ではない。性懲りもなく何をやっておるのだ」

キリは二人のあいだに割って入った。

十兵衛は、姉に叱られた弟みたいな顔をした。抜き身の剣を持て余している。信十郎は刀をパチリと鞘に納めた。

「キリ姉も松根備前に与しているのか」

「オレは誰の味方でもない」

「しかし、あいつと一緒にいるのだろう」

十兵衛が唇を尖らせて、クイッと顎で信十郎を指し示すと、キリは微かに頬を紅く染めた。返事をはぐらかして話題を変えた。

「この屋敷にたむろしていた曲者どもはどうした」

「松根に雇われた忍びどものことか」

「あれは、松根に雇われた者どもではないぞ」

「しかし――」

言い募ろうとした十兵衛をキリが制した。

「血の臭いがする。……斬ったのか」

キリは身を翻して、問題の屋敷内に飛び込んだ。信十郎があとにつづく。十兵衛もしぶしぶといった風情でつづいた。

庭に転がった死体に山伏姿の男が取りついていた。懐を改めたりしている。信十郎とキリに向かって口を開いた。

「身の証となるようなモンは持っとらんかったわ。けどな、見てみい」

と、死体の脛を指差す。

「黒脛衣や」

フン、と、キリがつまらなさそうに鼻を鳴らした。

十兵衛はキリの袖を引いた。

「どういうことだ。こいつらの正体を知っているのか」

「おおよそはな。正体のはっきりするまで泳がせておいたのだが、そうか。斬ってしまったか」

「まずかったか」

「ああ。これまでの苦労が水の泡だ。我らはこやつらを、豊後国から延々と尾行してきたのだぞ」

「すまん」

「すまんではすまん。お主はいつもこうだ。後先を考えずに刀を先に振り出すから、こういうことになる」

キリに鋭く睨みつけられ、十兵衛がショボンと肩を落としている。

そんな二人の様子を見て、鬼蜘蛛が信十郎の耳元で囁いた。

「なんやねん、あの二人」

伊賀と柳生の里は隣り合わせで、服部家と柳生家には交流があった。十兵衛はキリを姉のように慕っていた――という話である。

「ともあれ、これで先方も、本腰を上げてかかってくるだろうな」

潜入させた忍びのねぐらを急襲されて壊滅させられたのだ。怒りもするだろうし、焦りもするだろう。最上に対する策謀がよりいっそう陰惨に、血なまぐさく、激しくなることが予想できた。

# 第六章　最上騒動

## 一

八月も半ばというのに冷たい風が吹いている。

元和八年は記録に残る冷夏の年である。日本国の北に位置する出羽国が無事にすむはずがない。

農民たちも、農民からの年貢で暮らす武士たちも、飢饉の不安に苛《さいな》まれている。不安と焦りが気を昂《たか》ぶらせ、無用の殺戮の引き金になる。

あるいは、この年に最上家を襲った悲劇の原因は、そんなところにあったのかもしれない。

山形城三ノ丸の北部をかすめるようにして、小白川《こじらかわ》（現・馬見ヶ崎川《まみがさきがわ》）が流れていた。

のちに鳥居忠政《ただまさ》によって河川改修が行われ、城外地へ流れを変えられたが、この頃は山形城下を縦断していた。

川筋に沿って下級藩士の武家屋敷が広がっている。『小橋』という名の橋が架かっているので小橋町という。

その町の河原に数人の武士の死体が流れ着いていた。

乾いた土埃を巻き上げて、袴の裾を翻しながら、血相を変えた若侍たちが走ってきた。

河原に引き上げられ、横たえられた死体を土手の上から眺め下ろし、「ああッ！」と絶望の悲鳴をあげた。

「吉森！　泉！　ウウッ、中村もか！」

同志たちの名を叫びながら土手を駆け降り、町奉行配下の下人たちを押し退けて死体に取りすがった。

「なんたることッ！」

「殺されたのだ！」

事故で水難に遭ったわけではない。

衿がはだけて胸が剝き出しになっている。身体には刀傷がクッキリと残されていた。青白く変色した死体の肌で、切り口だけが真っ赤に口を開いていたのだ。

腰の刀も鞘だけ残してなくなっていた。いずれどこかで斬り結んで、抜き身の刀は川底にでも沈んでいるのに違いない。

伊達家の忍軍、黒脛衣組の仕業であった。

柳生十兵衛に仲間を殺された意趣返しでもなかろうが、とにもかくにも凶刃を振って、最上家中を殺害したのである。

「松根一派の仕業ぞ！」

滂沱《ぼうだ》の涙を流しながら、若侍の一人が叫んだ。

伊達家によって殺された、などとは想像できない。当たり前である。松根備前の一派によって殺された、と決めつけるのが当然だ。

黒脛衣組の目論見どおりである。

と、川を挟んだ反対側の土手に、数人の若侍の一団が姿を現わした。騒ぎを聞きつけて見物に来たようだ。何が起こったのかまだ理解していないらしく、不審げに顔を寄せ合っていた。

都合の悪いことに、彼らは、義俊および松根備前派の若侍たちであったのだ。

泣きはらしていた山野辺派の若侍がハッと気づいて顔を上げた。松根派の者どもと目が合った。

「おのれッ！」

山野辺派の若侍は激昂して立ち上がり、悪口雑言のかぎりに叫び散らした。

「この人殺しどもッ！　犬畜生め！　よくも我らが朋友を殺したな！　このままには捨て置かぬぞッ！」

松根派の一団が一斉に顔色を変えた。

ようやく何が起こったのかを理解したのであろう、そのうえで人殺し呼ばわりされ、身に覚えのないがゆえに激怒した。

「なんの証《あかし》があって、我らを罪人と決めつけおるか！」

「お主らをおいてほかに、このような非道をなせる者があろうか！」

「知らぬわ」

松根派に皮肉屋がいて、死者を前にして嘲弄する言葉を吐きはじめた。

「山野辺に仕える腰抜け侍のご一党、おおかた魚屋とでも口論して、刺身包丁ででも刺し殺されたのでござろうよ」

松根派の一団は、よせばいいのに高笑いした。

さらにつづける。

「主家に不忠な逆臣どもの死に様を見よ！　天罰覿面《てきめん》とはこのことだわ！」

一同はのけ反りかえって大笑いした。

「おのれぇえええぇッッ!!」

山野辺派の若侍らが一斉に抜刀した。川を挟んでいなかったなら、そのまま斬り合いに突入していたであろう。

刀を抜いた山野辺派に対して、松根派の若侍らは少しだけ冷静であった。河原の石を拾い上げ、散々に投げつけて嘲弄した。

山野辺派の若侍たちは、ある者は額に瘤をつくり、ある者は投げつけられた石を刀で払おうとして、逆に自分の刀を曲げてしまった。

嘲笑を浴びせかけられながら、土手の反対側に逃げ出さなければならなかったのだ。

二

保春院は光禅寺に参詣し、義光の墓参をすませると、つづいて義光の娘、豊臣秀次に嫁いで秀吉に殺された駒姫の眠る専称寺に向かった。

うららかな日和である。下僕の担ぐ輿の上で涼しい風に吹かれている。絹の帽子《もうす》の下で両眼が心地よさそうに細められていた。

普段、保春院は二ノ丸の御殿内に住居していたが、生まれつき活発で豪気な性格である。数日に一度は、墓参や寺参りを口実にして城外に出て、気ままに羽根を伸ばしていた。

保春院とて城下の騒擾《そうじょう》を知らぬわけではなかった。だが彼女には、自分は最上義光の妹であり伊達政宗の母である、という、とてつもない誇りがあった。下郎どもが高貴な自分に刃物を向けてくる、などとは、想定すらしていなかった。

話し上手な専称寺の和尚の説話を聞いて、楽しい気分で境内を出たときには、もう、陽は西に傾いていた。

だが、専称寺から一番近い三ノ丸城門の七日口までは六町（六五四メートル）ほどの距離しかない。保春院はとくに不安も感じずに輿の上の人となった。

だが。

専称寺と七日口のあいだは、法祥寺や来迎寺などの寺院が広がる寺町で、真昼でも人通りの少ない場所であった。墓地からあがる香の煙が消えやらず、紫煙のぼんやりと漂う不気味な道と化していた。

勝気の固まりのような保春院も、さすがに頬を引き攣《つ》らせている。お付きの侍女たちはなおさらだ。輿を担いだ下僕たちでさえ、厳《いか》めしい外見にも似ず、不安に身を震わせていた。柳の枝が風にそよいだだけで輿が大きく揺れてしまう。

墓地から立ちのぼる煙がますます濃くなってきた。まるで白い霧だ。視界が閉ざされ、ありとあらゆるものが黒い影となっていた。

誰もが口を開かぬが、『これは妖しい』と感じていた。今まで何度も寺町を通過したが、このような異様な気配に包まれたことは一度としてない。

「急ぎやれ」

保春院は輿の縁をピシャリと叩いた。言われるまでもなく下僕は足を早めた。本当は全速力でつっ走りたかったのであるが、それではあまりに輿が揺れる。保春院を振り落としたら打ち首だ。急ぎ足にも限度があった。

と、突然。

輿が止まった。保春院は前のめりに輿から落下しそうになり、縁を摑んでどうにか堪えた。

「愚か者！」

甲高い声で叱責する。が、下僕は返答もせず全身をこわばらせている。全員揃ってまっすぐ前を見つめていた。

保春院は下僕に釣られるようにして、視線を前方に向けた。闇に目を凝らし、そして「ひいっ」と悲鳴をあげた。

白い霧の中から、ヌッと人影が出現した。全身黒ずくめの大男である。

同じような大男が、ヌッ、ヌッ、と湧いてくる。

「下がれ！」

保春院に近仕する武士が叫んだ。曲者どもに命じたようにも、輿の下僕に命じたようにも聞こえた。

反応したのは輿だけであった。ジリジリと後退を開始した。

が、一行の背後にまで、曲者どもが湧いてきた。狭い寺町の塀のあいだで挟み討ちになってしまった。

保春院が輿の上から声を放った。

「わ、わわわ妾《わらわ》を誰と心得おる！　慮外者！　下がりおれ！」

本人は毅然と叱咤したつもりであったろうが、声は震え、裏返っていた。

帰ってきた返答は、無言の抜刀であった。

松根備前は寝所で書見をしていたが、表門が騒がしいのに気づいて廊下に出た。

玄関先から近臣が小走りにやってくる。緊張しきった面持ちであった。

「殿、保春院様が……！」

「いかがなされた」

「はッ、保春院様のご一行が賊に襲われ、当屋敷に逃げ込んでまいられました！」

「なにィ!?」

松根備前は近臣を突き飛ばすようにして押し退《の》けると、玄関へ走った。

玄関の式台で一人の尼僧がガックリと腰を落として荒い吐息を喘がせている。彼女を担いで走ってきたらしい下僕が血まみれの大の字に転がっていた。

侍女たちの姿はない。供侍が数人、抜き身の刀をぶらさげて立っている。袴や羽織を血に染めた者までいた。

「保春院様！」

松根備前が呼びかけると、保春院が窶《やつ》れた顔を上げて、震える腕を伸ばしてきた。

「備前殿、お助けくだされ。おお、恐ろしや！」

松根が駆け寄ってしゃがみ込むと、保春院は松根の手を握った。

「外に、曲者が……。ああ、妾を追ってまいる……」

松根備前はキッと鋭い視線を門外に向けた。走りだそうとすると、保春院付きの供侍が立ちはだかって止めた。

「いまだ外におるやもしれず！　お一人では危のうございます！」

そこへバラバラと足音も高く松根の家来が走り出てきた。おっ取り刀を握りしめている。

松根は振り返った。

「曲者は門外じゃ！」

「ハッ」と応えて若侍たちが門に走る。白髪頭の老臣たちだけが取り残された。松根は老人たちに、保春院を奥座敷へ匿《かくま》うように命じた。老人たちに手を引かれ、保春院は屋敷内に入っていった。

保春院付きの供侍たちもあとにつづく。彼らは役目柄、保春院からけっして離れない。泥だらけ、血まみれの姿だ。畳表が汚れる。畳をひっくり返したいところだが、そんな時間はまったくない。

保春院を見送ってから松根自身も門へ向かった。

門の外は不気味に静まり返っている。青白い霧が足元にたなびいていた。

松根は家中の侍たちの名を呼んだ。返事が聞こえて濃霧の中から黒い人影が走ってきた。間近に寄るまで顔かたちすら見分けがつかない。松根は思わず身構えてしまった。

「殿、何者も潜んではおりませぬ」

「うむ。しかし、この濃霧じゃ。松明《たいまつ》が必要だな」

家臣は館内に戻り、火のついた松明を持って戻ってきた。二人は松明を右に左に掲げつつ、闇の中に視線を凝らした。

家臣はゴクリと喉を鳴らし、乾いた唇を震わせた。

「ここは城内の三ノ丸。よもや、曲者どもが跋扈《ばっこ》するとは思えませぬが……」

「だが、保春院様を追ってきたのは事実であろう。油断いたすな」

たしかに人の気配はない。だが、しかし。

最上家中は真っ二つに割れている。隣の屋敷が塀を挟んで敵同士、などという状況だ。曲者たちが山野辺派の放った者どもであるなら、山野辺派家臣の屋敷に入ってしまったとも考えられる。その屋敷の者たちが心得きって静かに迎え入れれば、なんの騒ぎも起こらない。

――なんたることか！

我が家中のことながら、松根は呆れ果てた心地で首を振った。これでは曲者たちのやりたい放題ではないか。

――それにしても。

松根備前は眉根をピクッと動かした。

「静かすぎるのではないか」

「そういえば……」

「他の者どもは、どうした」

門から飛び出していった者たちの気配も途絶えている。

鉄砲玉ではないのだから、どこまでも走っていくことなどありえない。それなのに、帰ってこないということは――。

そのとき。風に乗ってわずかな死臭が漂ってきた。

と同時になにやら異様な気配が伝わってきた。夜の闇の中、闇よりもさらに暗い何かが押し寄せてきたのだ。

「何者ッ！」

それは、全身が黒づくめの集団であった。頭と顔を覆面で覆い、目玉の周りも黒く塗っている。白目だけがギラギラと輝いていた。

指の先から足の先まで黒い。手にした刀まで月光を反射しないよう、黒い液体が塗られていた。

松根と若侍は同時に刀を抜いて、切っ先を正眼に突きつけた。

「おのれ曲者！　出合え！」

松根が叫んでも、家来たちの返事はない。ということはやはり、すでに絶命させられてしまったのであろうか。

妖しい者どもは足音もなく接近してきた。松根備前と若侍は、思わず肩をぶつけるほどに身を寄せ合った。

「殿、いったん屋敷内に……」

「うむ」

ここで斬り結んでも勝ち目は薄い。

だが。背後に振り返った若侍が絶望的な悲鳴をあげた。

背後にも闇と夜霧が広がっていて、同様に黒づくめの集団が道を塞《ふさ》いでいた。

「う、後ろにも……!!」

「くそっ！　囲まれたか！」

それにしても。この静けさはいったいどういうことであろう。

松根の屋敷は城内にあるのだ。騒ぎを聞きつけて近隣の屋敷から人が出てこなければおかしい。

と、妖しい者どもが、一斉に不気味な動きを見せはじめた。松根と若侍を取り囲んで二重の円陣を組むと、内側は右回り、外側は左回りに円運動を開始した。

「殿！　こやつらは⁉」

「油断いたすな！」

松根と若侍は自然と背中合わせになる。いつなんどき、どこから斬りつけられるか予想できない陣形に、二人の刀の切っ先が激しく揺れた。

と、その瞬間。

曲者の一人が斬り込んできた。

松根はガッチリと刀で受けて打ち返した。大名家の家老と言っても、江戸時代中期以降の文官とは違う。この時代の家老は侍大将でもある。松根自身にも実戦の経験があった。戦場で鍛えた膂力《りょりょく》はまだ衰えてはいなかった。

だが。暗殺者たちは交互に切っ先を突き出してくる。内側の円が攻撃陣、外側の円は松根たちを逃がさぬための包囲陣らしい。

内側の数名だけでも脅威である。次々と斬りかかられては受けるので精一杯、反撃しようと踏み込めば即座に四方八方から斬りつけられるに違いなかった。

「くそっ！」

松根は懸命に戦いつづけた。すでに腕や拳には何カ所も傷を負っている。皮膚を削いだほどの薄手だが、反撃の打開策も見出せない状態では痛みもこたえる。疲労と出血で腕の力が抜けていき、次第に深く、斬られるようになっていた。

額から流れた汗が目に入り、松根は激しく瞬きした。息が上がり、肩が大きく揺れた。

と、背後の若侍が「ぐわっ」と呻いて転倒した。松根の足元に倒れ伏す。肩口を袈裟に斬られておびただしく出血していた。

これで背後を守ってくれる者はいなくなった。前方と左右ばかりでなく、後ろからの攻撃も防がねばならない。今の松根の体力と、剣の腕前では不可能に近い。

暗殺陣は嵩にかかって攻撃してきた。

右から突き出された剣を松根が受ければ、すかさず左から剣が伸びてきて松根の脇腹をスッと斬る。左の剣を払えば今度は右肩を斬られた。

さらには背中も何カ所か斬られている。

殺す気ならばすぐにでも殺せるのに、無意味にいたぶって楽しんでいる様子である。

松根の体力と気力は限界に達し、その場にドッと両膝をついた。

暗殺団の頭目らしい男がヌッと踏み出してきた。

「松根備前、覚悟！」

松根の左後ろに立ち、切腹の介錯でもするような姿で太刀を大きく振り上げた。

このまま一閃すれば、松根の首は胴体から切り離されていたであろう。

だが。

どこからか馬蹄の音が響いてきた。武家屋敷の塀に反響しながら近づいてくる。暗殺団はギョッとして小路の先に目を転じた。

蹄の音も高らかに一頭の馬が姿を現わした。馬上豊かに一人の偉丈夫が跨っている。

「何者!?」

暗殺団が初めて動揺を見せた。駆け寄ってくる馬は体高五尺（一五〇センチ）を超える肥馬だ。黒々とした肌が艶光りしている。まるで巨大な岩石が突進してくるかのように思えた。

馬は、暗殺者の一団を目の前にしても速度を落とさない。

馬とは本来臆病な生物で、人間を跳ねたり踏みつけたりはしないし、できない。

だが軍馬だけは別である。戦場で敵兵を馬蹄にかけるよう、訓練を施されている。嬉々として人間を蹴飛ばし、踏みにじる。

そんな荒馬が暗殺者の一団に突入した。

「ぎゃっ！」

たちまちのうちに暗殺団の外縁が弾き飛ばされた。馬は曲者を文字どおりに蹴散らしながら突進し、へたり込んだ松根備前の横についた。

「馬を召されよ」

馬上の男が腕を伸ばし、半ば気を失った松根の衿を摑んだ。そして鐙《あぶみ》を踏ん張ると、なんと、一息に鞍の上まで引き上げてしまった。馬の尻の上に松根の身体を横たえさせる。

「あっ！　おのれ！」

ようやく事態を呑み込んだ組頭が、黒塗りの太刀を振りかざして斬りかかっていく。

馬上の男は抜く手も見せずに抜刀すると、真上から斬り落とした。先に斬りつけたはずの組頭の刀が届くより先に、男の刀が組頭の頭部を切り裂いた。

組頭は、真っ二つに割られた頭から脳漿と血飛沫を噴き出した。さらには肥馬の前蹴りで蹴り転がされてしまった。

馬上の男はスラリと鞍から下りた。馬が崩した暗殺陣の真ん中に降り立つ。

騎手を失った馬は、怪我人を乗せたまま、フラフラと前進した。

「鬼蜘蛛！」

男が呼びかけると――、武家屋敷から張り出した松の上から返事があった。

「ほいさ」

黒い影が飛び下りてきて鞍に跨る。手綱を引いて走りはじめた。

鞍から下りた男は、暗殺団と真っ正面から向かい合った。激しい怒りが肩のあたりから噴き出している――ように感じられる。真夏の陽炎《かげろう》のようにメラメラと怒気が揺れていた。

「何者なのだ」

暗殺者の一人が訊ねた。それに答えず、代わりに訊ね返してきた。

「伊達の忍軍、黒脛衣組だな？」

黒脛衣たちは、ギョッと両目を見開いた。まさか自分らの正体を、こうもやすやすと見抜かれるとは思わなかったのであろう。

焦らねばならない理由はほかにもある。

伊達家が最上の内紛に関与している事実は、完全に秘匿せねばならない。政宗にとって命取りになりかねないからだ。

男がブンッと刀を振り下ろしてきた。動揺していた黒脛衣は受けきれずに肩から肺まで切り裂かれた。

大量の血が噴き出し、一瞬にして重度の貧血に陥った黒脛衣は、そのままクラッと意識を失い、二度と目を覚まさずに絶命した。

信十郎は情け容赦なく金剛盛高を振り回した。怒りと悲しみで胸が潰れてしまいそうである。

大勢の人々の犠牲を重ねてようやく終焉した戦国時代。織田信長の大量殺戮や、徳川家康の陰険な策謀も、すべては戦国の世を終わらせて、平和な日本を永続させるためのものであった。

それなのに。

多くの人々の犠牲と努力の上に成り立っている元和の偃武を、壊そうとする者がいる。なにゆえ私欲で平和を破壊しようとするのか。どうして戦国の世を招来せんとするのか。

信十郎は、ヒラリヒラリと身を翻して、左右の曲者をほとんど同時に斬り倒した。そして自分は、元和偃武を永続させるため、と言いながら、なにゆえ多くの人々を殺しつづけているのか。平和とは、これほどまでの殺戮を重ねなければ守れないような、脆《もろ》くも儚《はかな》いものなのであろうか。

黒脛衣たちは円陣を組み直そうとする。だが信十郎はそれより早くに剣を繰り出して、端から曲者を斬り倒した。

「おのれッ」

背後から別の二人が斬りつけてくる。だが、そこへ鬼蜘蛛の乗った馬が走ってきた。馬の前足と鬼蜘蛛が履いた鐙で蹴りつけられ、二人の曲者が吹き飛んだ。

別の黒脛衣が斬りつけてきた刀を、信十郎はガッチリと受け止め、ヒラリと体をかわしざま、金剛盛高を真横に振るって相手の胴を抜き打ちにした。

さながら、舞の名手を見るかのごとき姿である。

信十郎は優雅に袖を翻し、軽やかに足を踏み替えながら、黒脛衣を一人、また一人と仕留めていく。その外周では鬼蜘蛛の馬が蹄の音も高らかに走り回り、黒脛衣を馬蹄に掛けて踏み殺していった。

小路は血にまみれ、いくつもの死体が散乱した。


黒脛衣組を全滅させるのと同時に、周囲を包み込んでいた霧が晴れた。途端に、虫の鳴く声が響いてきた。夜風までさやさやと吹いている。

周囲の武家屋敷から急に人の気配が伝わってきた。

「表が騒がしいぞ！　何事か！」

などと叫びながら門を開けはじめた。黒脛衣たちの遁甲《とんこう》の術によって封じられていた結界が解けたのである。

鬼蜘蛛と馬が走り去っていく。信十郎もフラリと身を翻すと、闇の中に姿を隠した。

三

保春院が襲撃され、松根備前が手傷を負ったという凶報は、またたくうちに山形城下に知れ渡った。

つい先日、山野辺派の若侍たちが惨殺されたばかりである。誰しもがこれは山野辺派の報復であろうと決めつけていた。

黒脛衣組の目論見どおりである。信十郎によって壊滅させられはしたが、謀略の役目はしっかりと達成していたのだ。

いずれにせよ、人々は恐怖した。

最上義光の妹で、伊達政宗の生母でもある保春院に手を出したとあってはただではすまない。いきり立った保春院を押さえる力は藩主の義俊にも、家老の松根備前にもないのだ。

最悪の場合、保春院の保護を口実にして、伊達政宗が軍勢を率いて攻め込んでくることも考えられた。

それでなくとも城下は臨戦態勢だ。いつなんどき、家臣同士が激突し、大規模な内乱が勃発するとも知れない。身の軽い町人たちはすでに避難を開始しているし、家中の中にも、領地に引き籠もる者が出てくるほどであった。

松根屋敷の書院。松根備前が脇息にもたれるようにして座っている。上半身全体に巻かれた白い晒《さらし》が痛々しい。

「もはや、かくなるうえは、柳営のお袖にすがるよりほかに道はないように思う」

「いかなる手立てにございましょう」

信十郎が訊ねると、松根備前は青黒い顔を苦悶に歪め、声を絞り出すようにして答えた。

「最上家の内紛、我らの手ではいかんともしがたい。柳営にお預かりいただくよりほかにない」

柳営とは江戸の幕府のことだ。

「この喧嘩を、秀忠公に預かっていただこう、というお心づもりですか」

「有体《ありてい》に言えば、そういうことになろうかの」

「しかし、公儀を動かすのは容易ではないと存じまするが」

もともと武士の政権というものは、源頼朝以来、実に緩やかな連立体制で成り立っている。今日で言う『地方分権』の、より徹底した体制なのだ。将軍家と各大名は、それぞれまったく『別の国』の領主であり、それらの国々が国連をつくっているような状況なのだ。

徳川家は議長国でしかない。もっともこの議長国は、他国を圧倒する軍事力で国連を牛耳っているのではあるが。

信十郎は首をひねった。

「公方様が腰を上げてくれなかったら、いかがなさる」

備前は、青黒い顔で、目玉の淵だけ赤く染めながら断言した。

「腰をお上げいただくのだ」

「どうやって」

「わしが、山野辺派を誣告《ぶこく》いたす」

「誣告!?」

「左様じゃ。先代の当主、家親は病死ではなく暗殺、実行したのは楯岡甲斐守と鮭延越前――と、上様に対し、このように申告いたす所存じゃ」

「証拠はございますのか」

「ない」

きっぱりと断言され、信十郎は困惑した。

「確かな証《あかし》もなく、そのような――」

「だから誣告だと申しておる。嘘でもかまわぬのだ。最上家老臣のこのわしが、かように凶々《まがまが》しいことを言上いたせば、上様とてないがしろにはできまい。必ずや最上で何が起こっているのか、お調べくださるに違いない」

「いかにも」

　誣告とは、罪を偽って申告し、無罪の者を罪に落とそうと謀《はか》ることである。当然、虚言であることがバレれば、申告したほうが罪人となる。

　松根備前は、自分が誣告罪に問われることを覚悟してまで、最上家の騒動に公権を介入させようとしている。

「今の最上の惨状を知っていただくための奇策なのだ。波芝殿よ。このままでは我ら最上の家臣は、互いに互いを殺し合い、ついには一人も生き残らぬ。そうならぬためには、上様のお力で、我らの喧嘩を預かっていただくよりほかにないのだ」

　すべてを投げ出してしまったようにも見えるし、起死回生の策に闘志を燃やしているようにも見える。

「しかし、この内紛を煽《あお》っているのは仙台の政宗公でござるぞ」

「それが事実だとしても、それこそ、確たる証拠があるまい」

「それは……」

「政宗公が実母の保春院様を襲った、などと口に出しても、信じてもらえまい」

「それはそうでございましょうが」

松根は力なく視線を落とした。

「公儀の調べが入れば、あるいは、伊達家の関与も表沙汰になるやもしれぬ。それが叶わずとも、公方様が乗り出してこられれば、政宗も最上より手を引かずにはおられまい。いずれにせよ我らには徳川家のお力が必要なのだ」

信十郎は言葉もなく、松根備前を見つめた。

## 四

「そりゃあ拙《まず》いぜ」

柳生十兵衛が薄い唇を尖らせた。

「拙いか」

「ああ、拙い」

信十郎と十兵衛が城下の旅籠町の一膳飯屋で顔を寄せ合って密談している。

信十郎には幕閣の内情はわからない。松根備前はああ言っていたが、備前がこういう策に打って出た場合に幕閣がどう反応するのかが心配だった。

だから、家光の小姓であり、秀忠近臣の性格も熟知しているであろう十兵衛に相談してみたのだ。

だが、十兵衛は、幕閣の反応ではなく、鮭延越前の反応のほうを心配した。

「あの爺ィ、そんな疑いをかけられたら、怒り心頭、何をしでかすかわからねぇ。最悪、鮭延城の城兵を動かすぜ。暗殺どころの騒ぎじゃねぇ。本物の戦になる。悪いことは言わねぇ。やめとけって——松根に伝えといてくんな」

「公方様の預かりになる前に、最上が吹っ飛ぶかもしれん、と、そういうことか」

「ああ。お前ェさんも松根も、あの爺ィの本当の恐ろしさを知らねぇんだ。あいつはやると決めたら、いきなりドカンとやるぞ。普通、『俺をこれ以上怒らせるな』とか、『この次に同じことをしたら、ただではすまさぬ』とか、警句ぐらいは発するだろう。だが、あいつはそんなまだるっこしいことは一切やらねぇ。『不言実行』とはああいうやつのことを言うんだ」

信十郎は腕をこまねいて、二度三度と首を横に振った。

「どうしたぃ？」

「困ったぞ。もう、松根殿は江戸に使者を送ったらしいのだ」

十兵衛は一瞬、ギョッとしたようだったが、やがて力なくせせら笑いを洩らし、手酌で酒を注いであおった。

「そんなら好き勝手にやらせておくがいいぜ。追いかけて密書を奪うほどの義理もねぇしな。本当に喧嘩っ早い連中だぜ。最上家の侍ってのはよ」

ガタリ、と、信十郎が立ち上がった。十兵衛は片手に盃を持ったまま、隻眼を上げて見上げた。

「どこへ行く」

信十郎は刀を腰に差し直している。

「江戸だ。事の次第を上様にお伝えしてくる」

事もなげに言う。十兵衛は呆れた。

家光の小姓であった自分でさえ、上様には滅多にお目にかかれぬというのに、一介の素浪人の分際で軽々しく『上様に会う』などと言う。しかもそれが嘘や法螺《ほら》話ではないのだから異常である。

「こんな時間に出立かえ?」

信十郎は塗り笠を引っ掴むと、無言で戸外に走り出ていった。

「おい！　ここの勘定は!?」

もう走り去ってしまったらしい。夜の闇に包まれた街道のはるか彼方から、返答が聞こえてきた。

「払っておいてくれ」

十兵衛は呆れ顔でドッカと腰を下ろし、冷えきった盃をあおった。

# 五

「いよいよ総仕上げにございまするぞ、宝台院様」

八丁堀寺町の塔頭で、伊達政宗がニヤリと片頬を笑ませつつ、壇上の尼僧に一礼した。

「間もなく山形より松根備前めが下ってまいりまする。自分の口から最上の内紛を言上し、義俊に国を治める力のないことを証明しにまいるのでござりまする」

にわかに信じがたい愚行である。そうせざるをえないほどに最上家中が追い詰められている、ということだ。

宝台院は舞楽面越しに微笑み返した。

「見事な策よの、仙台宰相殿。ここまで最上家を追い込むとは。フフフ、さすがは天下一の奸物。たいしたものじゃ」

「過分なお褒め——と受け取ってよろしゅうございまするかな？　そのお言葉」

「最上め。にっくき足利の分家め。必ずや滅亡に追い込んでくれようぞ」

政宗の隻眼もギラリと光る。

「最上領の収公に際しては、この政宗に出陣をお命じくださいますよう、秀忠公にお口添え願わしゅう」

「わかっておる」

「東照神君様より賜った『百万石のお墨付き』の件もお忘れなく」

「わかっておるぞ。最上領五十七万石は、そのほうの切り取り勝手じゃ」

「ははーっ！　ありがたき仕合わせ」

「だが、本多正純のことも忘れるなよ。最上家取り潰しに託《かこ》つけて、本多正純を暗殺する。それが第一義じゃ。あだやおろそかにいたすでないぞ」

「ご心配召されまするな」

「正純めの首を持ってまいれ。それで百万石と引き換えじゃ」

「政宗、委細承知つかまつってございまする」

六

元和八年九月。松根備前は江戸に出府し、最上家中の旧悪を酒井雅楽頭忠世に言上した。調書は即日、将軍秀忠の上覧に達し、将軍立ち会いのもとで評定が開かれることと決められた。

糾問使が山形に発せられ、山野辺右衛門大夫義忠、楯岡甲斐守光直、鮭延越前守秀綱ら、重臣たちの召還が命じられた。


「何を始めるつもりだえ」

柳生十兵衛は鮭延越前に訊ねた。

越前屋敷の上段ノ間で越前が旅装束を着けている。甲斐甲斐しく着せかけているのは、あの七郎次だ。

「何を期待しておるのかしれぬが、わしは江戸に行く。それだけじゃ」

十兵衛は思わず隻眼を瞬かせた。意外すぎる返答であった。

「江戸にねぇ……。ずいぶんと素直じゃねぇか。爺さんらしくもない。俺はまた、大喧嘩でもおっぱじめるのかと思っていたがね」

「喧嘩なら、やるかもわからん」

「江戸で？　誰とだ」

鮭延越前はギロリと両目を剝いた。

「公方様とに決まっておろうが」

十兵衛は、しばし言葉を失った。

鮭延越前は苦々しそうに顔を歪めさせた。

「なんじゃお主。臆しおったか」

「臆し——というか、呆れているぜ」

「なぜ呆れる」

「天下の将軍と出羽の土豪で、喧嘩になるわけないだろうに」

「なぜ、やる前からあれこれと考える」

鮭延越前は、傍らの七郎次にチラリと視線を投げた。

「この者はのぅ、頭が足りぬ——と皆から馬鹿にされておる。実際のところ、わしに命じられたことしかできぬ男だ。主人の気持ちの先を読んで、気の利いたまねをすることなどありえない。だがのぅ」

越前は遠い目をした。

「よく気の回る小才者は、気が回るがゆえに、先のことまで考えすぎる。戦場に出れば、『矢が当たったらどうしよう』『鉄砲玉で撃たれたらさぞ痛かろう』『俺が死んだら俺の家はどうなるだろう、親や妻子はどうなるのだろう』などと、撃たれる前から心配する。ゆえに、臆するのじゃ。

　この七郎次は、言われたことしかできぬ男だが、先を読む頭が足りないゆえに、なにものをも恐れない。矢玉が飛び交う中でも、わしに命じられたことだけを淡々とこなす。これを勇者と言わずしてなんと言う。

ゆえに、わしは七郎次を常に身近に使っておるのだ」

　十兵衛は粛然とした。

　鮭延越前は、珍しくも静かな口調でつづけた。

「関ヶ原のみぎり、上杉は考えすぎたのだ。ゆえに臆した。

　わしが上杉の大将であったなら、この七郎次に江戸攻めを命じておったわ。この七郎次ならば、黒羽の結城秀康の陣を打ち破り、脇目もふらずに南進して、江戸城に攻めかかったことであろう」

「しかし――」

たしかに当時の上杉家は百二十万石、七万人の兵士を動員できた。が、徳川相手に脇目もふらずに攻め込めば、矢玉は尽き、兵糧はなくなり、戦死者を補充することもできずに自滅してしまうのではなかろうか。

そう疑念を呈すると、

「馬鹿もん！」

と雷が降ってきた。

「そのような手立ては、それこそ直江兼続のごとき小才子が考えればよいことなのだ！ なんのために御家で才子を飼っておると思うておる！ 逆なのだ！ 大将は、思い切ったことのできる馬鹿でなくては勤まらぬ！ 大馬鹿の大将を支えるのが直江がごとき小才子の仕事なのだ！

それなのに、上杉は、直江のごとき小才子を大将にしてしまった。直江はあれこれと気を回し、周到に準備を重ね、結果、後手後手になって、結局何もできなかった。これを愚かと言わずしてなんと言う！ 謙信を見てみろ！」

上杉謙信の宿敵だった北条家が、謙信の属将、佐野昌綱《さのまさつな》の城を三万五千もの大軍で攻めたことがある。

急報を受けた謙信は、そのとき、供回りにいた四十四騎で佐野氏の城に急行した。

「それは無茶だろ。なんで、そんな危ぃまねを……」

「今すぐ行かなければ救えない、と判断したからじゃ！」

上杉軍本隊は、慌てて謙信のあとを追い、津波のように北条軍に襲いかかった。まごまごしていたら謙信が死んでしまうからである。

かくして北条軍は退却した。

「こういう馬鹿でなければ大将は勤まらんのだ！　こういう大馬鹿大将を討ち死にさせぬためにこそ、直江のごとき小才子が陰で働くべきなのだ！　逆なのだ！」

殿様や大将は頭がよすぎてはいけない、と言っているらしい。

「関ヶ原の際も、上杉の利口大将、景勝はこう考えた。『関東に討って出れば徳川と激戦になり、家中の侍が大勢死ぬ。死んだ者は帰ってこない。失われた戦力を回復させるのは難事だ。だから慎重に行動しよう』とな」

「それがいけねェのかぇ」

上杉七万の大軍も、江戸に着く頃にはあらかた死に絶えていただろう。それ以上の戦争ができなくなるから、上杉家は滅亡する。

「それが馬鹿だというのだ！　あの秀吉を見ろ！　最初は足軽ぞ！　足軽が最初から何十万もの兵を抱えておったはずがあるまい！　勝って勝って勝ちまくったからこそ

人が集まってきたのであろうが！

上杉が関東に討ち入り、黒羽の秀康に打ち勝ち、関東に広がる徳川の諸城を落としながら南下しつづければ、四方八方から土豪や浪人どもが馳せ参じ、戦死した分の何倍もの兵がすぐ集まるのだ！　江戸城に攻めかかる頃には、上杉軍は二十万、三十万にも膨れ上がっておったろうよ！

大馬鹿者の謙信なら、これができた。だが、小才子の景勝や直江にはこれができない。利口者は失敗したときのことばかり考えおるから、臆して何もできぬのだ！」

十兵衛は、目の前に立っている老人が古今の名将であるような気がしてきた。

「越前殿なら、江戸を攻め落とせたかね？」

「わからぬ。だが、この七郎次なら、できたであろうな」

十兵衛は啞然として言葉も出ない。

それからいろいろと考えた。考えた末に、おぞましい想像に行き当たって身が震えた。

――これも『臆した』というやつかもしれねぇ。だが……。

なにゆえこの老人は、突然にこんな話を始めたのか。

――まさか……。

本気で上様と喧嘩をするつもりなのではないのか。

江戸城本丸、大広間の光景を思い浮かべた。上段に秀忠が座り、幕閣たちが居並んでいる。普通の神経の持ち主なら、緊張しきって声も出ない。足も竦む。

だが、この七郎次は違う。越前が、『あそこに座っている男を討て』と命じれば、馬鹿面をさげたまま躍り上がって、太い両腕で秀忠の首をへし折るだろう。

七郎次は何も考えない。利口者なら将軍を殺したあとのことを考えてしまう。越前に命じられても、自分の判断で暗殺を控える可能性が高い。

だが、この七郎次は違うのだ。越前の言うとおり、『七郎次ならばできる』のだ。

――これは拙い……！

十兵衛は『戦国往来の古強者』の恐ろしさを思い知った。

――この爺ィめ、これから自分がしでかそうとしていることを、暗に仄《ほの》めかしているんじゃねェのか。

十兵衛が越前言うところの小才子だからいけないのかもしれないが、とにもかくにもおぞましい想像に身を震わせている。

と。越前は突然、カラカラと高笑いした。

「つまるところ、わしが義俊を嫌うのは、あやつの頭がよすぎるから、なのかもしれぬのぅ。フフフ……。問答はしてみるものじゃ。わし自身の胸の内まで、ストンと胃の腑に落ちてまいったわい」

十兵衛は考えている。

もし、最上の当主が大馬鹿大将であれば、鮭延越前と七郎次が将軍を殺した直後に兵を挙げるであろう。

だが、義俊にはそれができない。越前はそのことに気づいている。

——しかし、だから『やらない』とは言わねぇところが、この爺ィの恐ろしいところだぜ……。

十兵衛は不安と焦燥にかられている。

——ここで斬り殺してしまうべきか……。

介者剣術の達人とはいえ、畳の上でなら新陰流のほうが強い。

——だが……。

この老人が江戸城本丸で暴れる姿を見てみたい、とも十兵衛は思う。

上様や若君や、土井大炊頭様やオヤジ殿など、陰謀を逞しくすれば世の中をどうにでも動かせると思い込んでいる幕閣たちに、この戦国武将の颯爽たる生き様を見せてやりたい、とも思うのだ。

――かまわねぇ。やりたいだけ、やらせてやれ。

十兵衛はニヤリと笑うと席を立った。

「だが、徳川の旗本として、最上の田舎者に上様を討たせるわけにゃあ、いかねぇからな」

十兵衛はその足で城外に出ると、峠に向かって走りはじめた。


鮭延越前守秀綱は威風堂々と家臣を従え、奥州街道を下っていった。最上家の陪臣とはいえ一万一千五百石の領主である。近江源氏佐々木一門、鎌倉以来の名門でもある。長谷堂城での武勇も広く知れ渡っている。

天下の名物男の行列に、宿場の旅人も沸き立った。

その隊列に先行し、柳生十兵衛は江戸に急行した。一日に十二里を走り抜け、八代《やよ》洲河岸《すがし》にある柳生家上屋敷の門をくぐった。

## 七

将軍秀忠は本丸を家光に譲り、西ノ丸御殿に移っていた。

家康が隠居後も駿府城から幕府を後見していた事績に倣《なら》って、秀忠も大御所となり、西ノ丸から天下の政治を操るつもりであった。

御座所に秀忠が腰を下ろしている。相も変わらず陰鬱そうな顔つきだ。一段下がった二ノ間には信十郎が座っていた。

「備前め、自ら『誣告』と申したのだな」

「御意」

信十郎の報告を聞いて、秀忠は完全に迷ってしまった。長い黙考に入っている。陽がだいぶ傾いている。障子に映る陽の色が次第に赤く染まってきた。

秀忠が顔を上げた。

「波芝殿は、いかにお考えか」

律儀な二代将軍は、豊臣家の遺児・信十郎に対して、かつての旧主への礼なのか、丁寧な言葉づかいをする。

信十郎はまっすぐに顔を上げて秀忠を見上げた。

「松根殿の仰せのとおりかと存じまする」

「最上は、それほどに悪いか」

「悪いと申すより、病んでおりまする」

「病んでいる……か」

「若輩の義俊殿では、光禅寺殿のご配下を統制することはできますまい」

「で、あろうな。戦国を生き抜いた荒武者ども、謀臣どもだ。……義俊の苦労、我が身のごとくによくわかるぞ」

徳川家の二代将軍として、家康配下の英雄たちの取り扱いに苦労させられた秀忠である。

それだけに、義俊の家政改革の応援をしてやりたい。

だが、本音を言えば秀忠は、戦国往来の古強者どもが恐ろしい。できうることならそっとしておきたい。そっとしておけば、いずれ彼らは老いて死ぬのだ。代替わりが進めば最上家とて、文官官僚による穏健な大名家となろう。

「松根の秘策とは、つまりそれか」

家老である松根自身が騒ぎを起こせば、『喧嘩両成敗』が武家の習いだ。義俊派、山野辺派ともに重臣たちを隠居させることができる。義光とともに戦場を駆けた荒武者たちが死に絶えるのを待ってから、義俊の親政を始めさせればよい。

「松根はこのわしに、最上を預かれ、と申したのだな」

「御意にございまする」

「わかった。そのように計らおうぞ。——波芝殿、大儀でござった。松根らがまいるまで、ゆるりと骨休めなされるがよろしかろうぞ」

信十郎は一礼をして西ノ丸御殿から下がった。

# 第七章　江戸城大喧嘩

## 一

最上家の前当主・家親暗殺事件の審理は、江戸城本丸御殿、大広間にて、将軍秀忠臨席のもとに行われた。

大広間は上座から、上段、中段、下段に仕切られている。

上段に秀忠が座し、中段には筆頭年寄、本多上野介正純が座るはずだが欠席、代わりに土井大炊頭利勝が着座している。さらには秀忠の次子、甲府中将忠長が同席していた。

下段には松根備前守光廣と、被告となった楯岡甲斐守光直、鮭延越前守秀綱が控えている。さらには、この一件を松根より受理した取次の老臣、酒井雅楽頭忠世が座っていた。酒井忠世はこの一件の責任者であり、審理の進行役でもあった。

松根ら、最上衆三人には、それぞれ横目がつけられている。

原告と被告が同席の裁判で、しかも彼らは武士であるので脇差を携《たずさ》えることが許されている。

論戦が紛糾して激昂し、脇差を抜いて暴れたりしたら大変なので、すぐに取り押さえられるように、横目と呼ばれる屈強の武士が待機しているのだ。

さらに、大広間を囲んだ入側《いりかわ》（廊下）にも旗本たちが控えていた。彼らは審理の証人であると同時に、将軍の警護も兼ねていた。


楯岡甲斐守と鮭延越前は、山野辺義忠派の巨頭である。山野辺義忠は最上義光の四男であるから、現当主の義俊とは叔父・甥の関係となる。

最上騒動とは、要するに、誰が家督を継ぐに相応《ふさわ》しいかで争った御家騒動であるわけなのだが、これには、親豊臣派と親徳川派の勢力争いが根深く絡みついていた。

最上家は当初、豊臣家に臣従していたため、古くから権力を握っていた家臣には豊臣派が多く、その逆に、新参者には徳川派が多いのだ。

徳川の世になって、親徳川の新参者が幅を利かせてはいるが、実は、豊臣派のほうが最上家臣の本流と言えるのである。

豊臣派と徳川派の派閥争いは、この頃、いずこの大名家でも抱え込んでいた大問題であった。

越前宰相忠直が幼少の頃、『久世騒動』と呼ばれる御家騒動が起こった。

忠直の父の秀康は、一時、豊臣秀吉の養子とされていた。そのときに秀吉によってつけられた豊臣派の家臣たちと、秀康の実父、家康が送り込んだ徳川派家臣とのあいだで起こった争いが『久世騒動』だったのだ。

結局のところ家康が大鉈を振るい、豊臣系の家臣たちを追放し、越前家を徳川派一色に塗り替えることに成功した。

だが、結果として重臣の大半を失った越前家は、若い忠直の独裁状態となり、その暴走を抑制できずに滅亡した。

久世騒動とまったく同じ構造が、このときの最上家でも展開されていたのだ。

「やけに落ち着いていやがるな……」

柳生十兵衛はこのとき、旗本らに混じって大広間南の入側に座っていた。

十兵衛は、鮭延越前の油断のならない人となりと、何事か起こさんとしていることを、父・宗矩に告げた。

柳生宗矩は容易ならぬ事態を理解して、十兵衛を入側に紛れ込ませることにした。

宗矩はのちに大目付として大名の監察を勤めることとなる男だ。秀忠・家光の剣術指南役であり、身辺警護役も兼ねていたので、十兵衛を臨席させるぐらいのことは一存でできた。

その十兵衛は今、隻眼を光らせて鮭延越前の背中を凝視している。越前が何か事を起こさんとしたら、即座に討って出る覚悟であった。

無論のこと、十兵衛は鮭延越前に友誼《ゆうぎ》を感じている。好きか嫌いかと問われれば、宗矩や秀忠、家光などよりはるかに好きだ。

しかし、十兵衛は徳川幕府の旗本なのである。主君の秀忠を討たせるわけにはいかない。これは十兵衛自身の矜持《きょうじ》の問題であった。

「あいつは……、来てないな」

七郎次の姿を探す。当たり前ではあるが、下僕を御殿にあげるわけにはいかない。

七郎次が人並み外れた勇者であったとしても、江戸城番衆を殴り倒しながら突入してくることは、まず、あるまい。

「すると、爺ィが一人でやる気か」

狩衣に烏帽子姿でチョコンと座った越前に視線を戻す。

さすがは近江源氏の末裔だ。鎌倉以来の由緒正しき武家である。悠然と座している。謀叛を訴えられた被告人の姿とは思えないし、天下人の前に出てきた田舎侍とも思えない。実に威風堂々としている。居並ぶ徳川家臣たちも、高名な最上の荒大将に敬服の眼差しを向けてしまったほどだった。

しかし。この落ち着きぶりが逆に気になる。何か腹中に切り札を抱えているがゆえではないか、と思えるのだ。

十兵衛は、いつでも飛び出せる体勢を保持しつつ、鮭延越前の背中を睨みつづけた。

松根備前は犀利《さいり》な官僚らしく、滔々と流れるような弁舌で、楯岡甲斐守と鮭延越前の旧悪を言い立てた。

本来なら、山野辺義忠をも巻き込みたいところであったのだろうが、やはり山野辺は義光の実子である。最上家にとって義光は神聖不可侵の存在であるので、その実子を誣告するのは躊躇《ためら》われたのであろう。

その山野辺も江戸に出府させられている。今日は酒井忠世の屋敷で待機して、証人としての必要があれば、いつでも呼び出されることとなっていた。

とにもかくにも、義俊の父、家親の死には不可解な点が多すぎるのも事実である。幕府の記録にも、隣国伊達家の記録にも、暗殺であろうと仄めかされているくらいである。

しかし、証拠は何もない。無論のこと、松根もそれは承知している。

酒井忠世がその点を質《ただ》した。当然、捗々《はかばか》しい返答はない。

「お疑いなら、御公儀より人を送って直にお確かめくだされ」の一言である。

ある意味、人を食った返答である。「証拠はないけど、探せば必ずあるはずだから、裁判官のほうで見つけてください」と原告が主張しているのだ。こんな馬鹿げた裁判など聞いたことがない。

無論のこと、これこそが松根備前の狙いである。これをきっかけとして徳川家に最上家を収公させるつもりなのだ。秀忠もそれを理解している。

論戦は二日にわたって行われたが、結局、証拠不十分で松根の敗訴と決まった。

二

評定が再開された。

秀忠が上段の間に戻る。一同は深々と拝礼して迎えた。

秀忠は威儀を正して宣告した。

「確たる証拠もなく、楯岡甲斐守ならびに鮭延越前守を訴え出た松根備前守の行いは許しがたし。よって筑後国、立花宗茂《たちばなむねしげ》の預かりといたす」

家老の身分と領地を没収され、立花家の監視のもとでの監禁刑、と決定されたのだ。

秀忠の断罪はつづく。

「このたびの騒動を起こさせたは、これ、義俊の若年、未熟がゆえなり、五十七万石を統《す》べる重責を担えるとは思えず。ゆえに、しばらくのあいだ最上領を収公し、公儀の預かりとする。義俊にはあらたに六万石を与える。義俊の成長後に本領を返し給えるべし」

義俊の成長後とは、すなわち、鮭延越前らをはじめとする『戦国往来の古強者』どもの死後――のことを意味していよう。

最上家中興の祖・義光とともに戦場を疾駆して、五十七万石もの大封を稼ぎ出した荒武者たちの扱いは、あまりにも難しい。

功名の恩賞としての利権と高慢を否定すれば、武家政権の名目が立たない。かといって彼らのワガママにつきあっていたら大名家の治世が崩壊する。

それればかりではない。『戦って勝ち取る』ことを『正義』とする彼らの主張を肯定すれば、日本国の平和が崩壊してしまう。

元和偃武を政治目標に掲げた秀忠にとって、それだけは避けねばならない事態である。

とは言うものの、今後いかなるときに紛争が勃発するかもわからず、戦となれば幕府は全国の武士たちに『死ぬ気で戦え』と命じるわけで、『手柄を立てたら名誉と恩賞を与える』という約束があるからこそ、武士は幕命に従うわけだ。

死地を生き抜いて手柄を立てた武士の権威やワガママを否定することは、将軍として、やってはならないことなのである。

すべてが矛盾しているのだ。

かくして。

秀忠が出した結論は、戦国往来の古強者が死ぬまで待つ、というものだった。

秀忠や義俊は若いのである。前時代の思想を引きずる老人たちがこの世を退場してから、新しい世の中をつくっていけばよい。時間は若者の味方なのである。

秀忠は、下座に平伏した楯岡甲斐守と鮭延越前を見据えつつ、高らかに宣告した。

「最上家は足利家に連なる武家の名門である。またその領地は、陸奥、出羽、越後を押さえる要衝でもある。最上家のこれまでの忠節に免じ、かくのごとくに裁決を下しおく」

厳しいようではあるが、実に温情あふれる告諭であった。

この時期の徳川家は、外様、譜代、徳川一門の区別を問わず、わずかな瑕瑾《かきん》を見つけ出しては、容赦なく取り潰してきた。とりたてて罪もないと思える福島正則を無理やり改易させたほどである。

そんな中で、最上家と義俊に対する計らいは破格の厚遇であった。『義俊には家中をまとめる力がない』と断罪しながら、『大人になるまで待ってやる、大人になったら領土はすべて返してやる』というのだ。

将軍秀忠が、いかに最上家を愛していたのか、また、『奥州出羽の要石』としての役割を重視していたのかが理解できよう。

松根備前は感涙が溢れるのを押さえることができなかった。

凡庸・無能と評価の低い二代将軍ではあるが、豈《あに》はからんや堂々たる名君であった。松根備前の思惑をすべて汲み取って、最上家が立ち行くための最善の策を取ってくれた。

——これで最上家は救われた……。

我が身を犠牲にした甲斐があったというものだ。また、家親に託された『義俊を守れ』という遺命を果たすこともできた。

義俊は若年ゆえに心の弱いところがあるが、生まれつき知能明晰な若君である。収公が解けた暁には、必ずや、名君として最上家を立ち直らせてくれるであろう。

二代将軍の名裁きには、松根ばかりか幕臣たちも感服していた。最上家の騒動を終結させる最良の策である。いかにも温厚で、偃武を奉じる秀忠らしい、穏やかで理知的な判決であった。

大広間の全体が感銘に包まれている。常日頃は秀忠の政治能力に疑いの目を向けていた酒井忠世も、最上騒動が天下の大騒動へ発展するのを未然に防ぐことができたことを認め、ホッと安堵の溜め息をもらした。

だが。

万座の中で一人だけ、難渋そうな顔をして、盛んに小首をひねっている者がいた。

誰あらん、鮭延越前である。

最上の家中や幕臣たちが、揃って陳腐な感動劇に涙しているのを不思議そうに眺めまわし、不機嫌に下唇を突き出した。今にも唾でも吐き出しそうな顔つきであった。

「それがし、いささか腑に落ちぬことがござる！」

と、なんの断りもなく、大音声を発したのだ。

戦国往来の古強者。干戈《かんか》の行き交う戦場で部下の兵士を叱咤してきた猛将である。御殿全体に轟くような大声だった。

戦場では、兵士たちとて死にたくはない。それなのに必死に戦うのは、背後から叱咤する大将の怒声が恐ろしいからである。猛将の怒鳴り声というものは、敵兵よりも恐ろしいのだ。

その凄まじい怒鳴り声が、雷鳴のように、広間を下段から上段へ、一直線に貫いた。

一同はビクンとして顔を上げた。座ったまま飛び跳ねるがごとき醜態を晒した者もいた。普段は憎々しいまでに落ち着きはらっている土井利勝までもが目を剝いている。

将軍秀忠は言うまでもない。

徳川幕府の幕閣すべてが、鮭延越前の一喝に圧倒され、呆然と馬鹿ヅラを晒してしまったのだ。

越前は怒声を放ったのち、爛々と目を光らせて上座の将軍を睨みつけた。御殿の全員が、声をなくして越前の様子を窺った。

本来、無位無官の鮭延越前は、将軍秀忠に直答できる立場にない。

それゆえ酒井忠世が取次としてつけられている。秀忠の諮問に対し、鮭延越前が返答すると、忠世が『越前守は、かくかくしかじかと申しております』と鸚鵡返しに上申する。越前本人の言葉が上段まで届いているとわかっていながら、儀礼として、そのようにする。

が、越前の放った大声は、四角四面の儀礼など根っこから吹き飛ばす力を持っていた。

ようやくに、酒井忠世が口を開いた。

「え、越前殿には、なんぞ、思うところでもござるのか」

幕府の年寄とも思えぬ、裏返った声音であった。

「ござる！」

越前はギロリと視線を忠世に向けた。これまた凄まじい眼力である。その視線だけで『当たるところ敵なし』。今にも首根っこを引き抜かれてしまいそうな恐ろしさだ。

「将軍家におかれては、最上家への温情など無用のこと！　収公などなさらずともよろしい！　ここは一気に――」

ニヤリと不敵に笑って、

「攻め潰してしまわれるがよろしかろう！」

と決めつけた。

「な、何を言われる⁉」

酒井忠世が思わず膝を立てた。

御殿全体がザワッと揺れた。あまりにも唐突で、乱暴で、常識の外にある発言である。いったい何事が起こったのやら理解できない者までいた。将軍秀忠がその一人であった。

ただ一人、柳生十兵衛だけが、何が起こりつつあるのかを理解していた。袴をきつく握りしめ、ギリギリッと奥歯を嚙み鳴らした。

――とうとう、おっぱじめやがった！　あの爺ィ！

喧嘩である。将軍を相手に喧嘩をしようとしているのだ。

十兵衛は腰の脇差に手を伸ばした。事態がどう推移していくか予想もできない。なにしろたったの数百人で上杉軍二万七千を追撃した男なのだ。常識ではまったく計り知れない。

できることなら立ち上がって、上様と越前のあいだに割って入りたかったが、十兵衛の身分では不可能だ。いよいよ切羽詰まりつつある事態を黙って見ているよりほかになく、それがなにより歯がゆかった。

鮭延越前は、大音声で怒鳴りつづけた。文官と化した幕臣たちにとめられるものではない。

「この裁可、生ぬるい」

と、秀忠をまっすぐ見つめて決めつけた。

「な、生ぬるいだと!?」

最上家にかけた自分の温情を、最上の家臣に誹謗され、温厚な秀忠も顔色を一変させた。相手は直答も許されぬ地下《じげ》である、という建前も忘れている。

「どこが生ぬるいのじゃ、申してみよ!」

すると鮭延越前は、さも底意地の悪そうな笑みを浮かべ、唇を醜く歪めさせた。

「松根備前のごとき悪人を、打ち首とするならばともかく、配流ですますとは、上様におかれましては、腰が抜けたとしか思われぬ」

江戸城本丸御殿大広間がザワッと揺れた。幕臣たちが呆気にとられて鮭延越前を見つめている。

こともあろうにこの江戸城で、征夷大将軍をつかまえて『腰抜け』呼ばわりとは、ありうべからざる暴言である。

越前は、動揺を走らせる幕臣たちを尻目に、むしろ泰然として放言しつづけた。

「松根のごとき悪党に温情をかければ、他の悪党どもも天下の治世を軽んじて、次々と悪事を目論みましょうぞ！　第二第三の松根が現われ、最上家中をひっかきまわすは必定なり！」

斜め目線で秀忠をギロリと見上げてせせら笑って、

「悪を悪として断罪もできずに、なにが公儀か。そのような腑抜けきった世の中で生きておっても甲斐なし！　悪党がのさばる最上家になど、仕えていたいとは思わぬわい」

秀忠はワナワナと震えはじめた。唇をパクパクさせているが声は出ない。それを尻目に越前がつづけた。

「かくのごとき騒動を起こした最上家なれば、そうそうに取り潰されるのがよろしかろうと存ずる！『家、家に非ず、継ぐを以て家と成す』とはまさにこのこと。五十七万石の最上家は、五十七万石の太守に相応しい器量人が継いでこその五十七万石！義俊めに器量のないことが明白な以上、生ぬるいことを四の五の言わずに、とっとと改易なさるのがよろしかろう！」

「ま、待たれよ！」

酒井忠世が堪えかねて叫んだ。

今回の一件を受理したのは酒井忠世である。この評定に関するすべての責任を負っている。それなのに話の流れが思わぬ方向に進んでしまって動揺していた。

「控えられよ、越前殿！　貴殿には上様の温情がわからぬのか！」

「なにが温情！」

「最上家が潰れたら、そこもとの領地も没収、そこもとは勿論、ご家族も郎党も路頭に迷うのでござるぞ！」

越前は毅然として言い返した。

「もとより覚悟のうえのこと！」

「なんと言われる⁉」

鮭延越前はニヤリと皮肉げにせせら笑った。

「なんと言われる、とは、むしろこちらの申しようにござるわい」

ウヒヒヒヒ、と嫌らしく笑って、

「そもそも、我が領地、一万と一千五百石、これすべて、我が槍先で稼ぎ出したるもの。我が稼いだものなれば、いかに取り計ろうが我が勝手！　この一万一千五百石、わしが『渡さぬ』と申せば、伜どもには畠一畝《せ》たりとも渡らぬ。それがこの世の習いでござろうが！」

「それは左様にござろうが……」

「幸いにして、我が息子どもは強健にして五体満足。腕二本、足二本、箸二本があればどう転がっても食っていけようわい。親の遺産を当てにせねば生きていけぬような、そんな腑抜けは一人もござらぬ！　わしが伜どもを侮辱してくださるな！」

そして壇上の将軍秀忠をキッと見据えながらつづけた。

「父親が一万一千五百石なら、息子は二万、三万と、おのれの才覚で稼ぎ出すのが男でござる。親の遺産の上に胡座《あぐら》をかいてふんぞりかえって、親の遺産を寸毫たりとも減らさぬようにせせこましく生きるなど、一人前の男子のすることではござらぬ！

わしは我が伜どもを、そのような愚人に育てた覚えはござらぬ！」

秀忠の顔色が変わった。一瞬真っ青になり、それから満面が朱に染まった。

顔色が変わったのは秀忠ばかりではない。その場にいた幕臣の全員の顔色が変わっていく。

痛烈な皮肉である。二代将軍秀忠という男、律儀なだけの小心者で、なんの取り柄もない男だと評されている。

そのような凡人が、なにゆえ家康の後継者に選ばれたのかと言えば、家康がつくった武家政権を、寸毫も欠くことなく次代へ継承できると思われたからだ。

家康の後継者が、家康譲りの英雄であれば、家康の遺産を土台として海外に雄飛することも、あるかもしれない。

だが、結果としてすべてを台なしにすることもある。それを恐れた家康は、あえて凡夫の秀忠を後継者に選んだのだ――と考えられていた。

そう思われていることを知っていて、かつ、自分が凡人であることも理解している秀忠にとって、その点を指摘されるのはなにより辛い。

秀忠の人生は、悲惨な演劇に似ている。偉大な天下人を演じつづけなければならないのだ。

父親に対するコンプレックスを抱きつつ、劣等感は膨らんでいく一方だ。

その点を鮭延越前は容赦なく指摘した。秀忠ばかりか幕臣たちの全員が激しく動揺してしまったのは当然だ。

泡を食ったのは酒井忠世だ。

「し、しかし越前殿、そこもととて子孫は可愛いかろう。子孫に遺産を残したいと思うのは、人として当然のことでござろうが」

鮭延越前はフンッと鼻を鳴らした。

「いかに子孫が可愛いかろうとて、子孫から神として崇め奉られたい——などとは、とうてい思わぬわい！」

御殿全体が波をうった——ように感じられた。激しい私語が潮騒のように殿中に満ちた。

今度は徳川家康——東照大権現を誹謗したのだ。これは、徳川家の家臣として見過ごしにできぬ暴言であった。これを見過ごしにすれば、家康＝神という、徳川幕府の教義が崩壊してしまう。

だが、あまりに凄まじい無礼や非道に直面すると、人間は怒るより先に混乱する。

まして徳川の家臣団は、もはや戦国の気風も遠く、御殿勤めの宮廷官僚と化していた。

過不足なく務めを果たすのが処世術であり、このように限度を外れた異常事態に対処できる者はいなかった。

越前の暴言はつづく。

「このわしのように、おのれの才覚で領主となった者は、それは偉かろう。このわしが、おのれで稼いだおのれの領地をどうこうしようが誰にも文句は言わせぬわい。しかし、世には珍しき愚か者どもがおる。親から領地を貰っただけなのに、自分も親のように偉いと思い込んでおる。そのような愚か者が上に立つゆえ、一国の治世が立ち行かなくなるのじゃ。そんな家は潰れてしまえばよい！　さぁ、潰せ。最上五十七万石、きれいさっぱり潰してみろ！　さすれば新しく国主に相応しい英雄が、筍のように湧いてこようわい！」

義俊を誹謗しているようでいて、秀忠を中傷しているのは明らかだった。

もはや誰も何も言えぬ。ただただ混乱するばかりである。

そのとき。

「おのれ！」

はるか上段から、凄まじい怒声が降ってきた。

秀忠が佩刀を掲げて立っている。満面を朱に染めて、怒りで全身を震わせていた。

「おのれ越前！　重ね重ねの暴言、もはや許せぬ！　成敗してくれん！」

刀を抜き放ち、鞘をカラリと投げ捨て、徳川重代の宝剣をキッと構えた。ズカズカと畳を蹴立てて突進した。

秀忠とて柳生新陰流の手ほどきを受けている。鮭延越前は畳水練と馬鹿にするであろうが、ここは畳の上なのだ。

鮭延越前は大広間下段の中央に端坐したまま動かない。キッと顔を上げて秀忠の突進を見据えていた。

「ヌウンッ！」

秀忠が太刀を振りかざした。越前の眉間に向かって鋼色の刃が振り下ろされた。

その直前。

黒い肩衣に黒い袴、全身黒づくめの人影が、サッと膝行して割って入り、秀忠の剣の柄をガッチリと受け止めた。

「ムッ！」

秀忠は血走った目を手元に向けた。右手で鍔元を、左手で柄頭を握った柄のあいだを、別人の手が握りしめていた。物凄い膂力《りょりょく》である。

「上様」

越前と秀忠とのあいだに正座して、秀忠の柄を握りしめ、柳生十兵衛が下から見つめあげてきた。

「この老人を斬ってはなりませぬ」

「何を言うか！」

秀忠の血走った目が十兵衛を睨んだ。十兵衛は臆さず受け止めて見つめ返した。

秀忠は十兵衛の手を振りほどこうとした。が、片手で柄を握った十兵衛を振り払うことができない。

十兵衛も必死で刀を押さえつづける。

——ここで爺ィを斬ったら、上様の負けだ。

鮭延越前の主張は、戦国を生き抜いた老将、老兵たちが、等しく胸に抱いている思いである。

この殿中での騒動が知れ渡れば、それらの老将老兵たちは「鮭延越前よくぞ申した、我が意を得たり」と褒めそやすことであろう。

それればかりではない。

戦国の生え抜きを、命を惜しまず戦った老兵を、苦労知らずの二代目である秀忠が

『無礼だ』と言って殺すのだ。

越前を斬り捨てた二代将軍は、『武士の情理も解さぬ愚か者。とうてい将軍の器にあらず』と誹謗中傷されるであろう。全国の武士たちからそっぽを向かれて軽蔑されることとなる。

――それが爺ィの狙いだったのだ！

ここは江戸城。いかに喧嘩上手、戦上手の越前とて、太刀を取っては戦えぬ。相手は旗本八万騎を率いる大将軍なのだ。ゆえに舌先三寸で戦をする。

――こいつぁ、まさしく舌鋒だぜ。

舌鋒鋭く秀忠の急所を刺し殺す。さらに下手をすれば徳川政権が崩壊する。

鮭延越前を斬り捨てれば、最上の将兵は黙っておるまい。越前という男、そのぐらいの輿望《よぼう》を担っている。上杉軍二万七千から最上を救った英雄なのだ。最上武士の誇り。生きた象徴なのである。

――この爺ィを殺したら、最上は絶対に収まらねェ。

徳川家が最上家を改易しようとしても、必ずや激しく抵抗するであろう。

最上領は出羽奥州の要である。周辺には上杉、佐竹など、かつて徳川と戈を交えた外様の大大名が取り囲んでいる。

その山形で大戦争が勃発したらどうなるのか。

秀忠は戦下手、逆に最上の将兵は、揃いも揃って戦国往来の古強者だ。

さらに隣国には伊達政宗と伊達軍数万が控えている。秀忠が最上勢に苦戦して、泥沼のような膠着戦に陥ったのを見越して、伊達政宗が敵として参戦してきたらどうなるのか。

――爺ィの狙いはそれだ！

馬鹿丸出しのようでいて、戦と喧嘩に関しては神算鬼謀の鮭延越前だ。当然それぐらいの目算は立てているであろう。

徳川の政権は、まだまだ固まっていない。日本じゅうに徳川を恨む外様大名と、浪人と、キリシタンが雌伏している。出羽奥州で劣勢に立たされた徳川軍を軽んじて、彼らが一斉に蜂起したら、徳川政権は確実に崩壊する。

――そうはさせぬ！

十兵衛は決死の覚悟で秀忠の太刀を押さえつづけた。

しかし。

鮭延越前は、なにゆえそれほどまでにして、喧嘩をせねばならないのか。言うまでもなく、越前本人はここで秀忠に斬られて死ぬのである。自分が斬られることで、最上家と徳川家を心中させるつもりなのだ。

——救いがたい爺ィだぜ……。

若き日の思い出を忘れられない。戦場を疾駆し、咆哮した日々の血の滾《たぎ》り。畳の上で老いさらばえるのはウンザリだ。

人生最後の思い出に、大戦《おおいくさ》を演出したい。鮭延越前たった一人の力でもって、天下の徳川家をひっくり返してやりたい。

こんな戦国老人の妄執のために、こっちまで必死にさせられている。必死に上様の刀にしがみついている。まったくもって、泣きたくなるような心境だった。

秀忠はますます激昂した。十兵衛を足にかけてでも引きはがし、何がなんでも鮭延越前を手討ちにしようとした。

が、そのとき。

何者かの腕がスルッと伸びてきた。何をどうされたのかはわからない。気がついたときにはもう、太刀を両手から奪われていた。

「上様」

秀忠から奪った太刀を脇に控えて、柳生宗矩が平伏した。

鳶色の双眸が秀忠を凝視した。

「それがしの見るところ、鮭延越前は狂人にござる。古来より、狂人の罪は問わぬもの。大切なお刀が汚れまする。お心をお鎮《しず》めくだされ」

秀忠はハッとした。

この親子がこうまでして鮭延越前を守るからには、それなりの理由があるはずである。秀忠は凡人ではあったが、家臣を信用するという美徳だけは持っていた。

秀忠はなおも血走った目で宗矩を睨んでいたが、やがて『フンッ』と鼻息を荒らげて上段に戻った。

「審理はやり直す」

と、言い残して出ていった。

鮭延越前が振り返り、十兵衛を見た。

「小僧め」

そう憎々しげに吐き捨てて、さらに、

「時代は移ろうものだ。これからは小僧の時代か」

と呟いた。横目と茶坊主に促され、控えの間に去っていった。

三

燭台に立てられた蠟燭の芯がジリジリと音をたてて崩れた。

江戸城本丸、溜之間に、土井利勝と酒井忠世が座っている。土井利勝は両目をつぶって黙したままだ。酒井忠世はパチリパチリとせわしなく扇子を開閉させていた。

その忠世が、沈黙に耐えかねて口を開いた。

「もはや、最上家は、取り潰すしかござるまい」

その発言を待っていたのであろう、土井利勝が瞼を上げた。

「左様ですな。それがしも同意せぬわけにはまいらぬ——と存ずる」

最上改易を言い出したのは酒井忠世、土井利勝は同意しただけ、という形式が一瞬にして整えられた。

本来は、最上家を生き残らせたいと思っていたのは秀忠と酒井で、土井利勝は柳生家を使って最上家改易の陰謀を進めてきた。それなのに、これで結局、改易の責任者は酒井忠世に決まってしまった。

あとは流れるように議事が進んだ。利勝も忠世も有能な政治家である。

「改易の上使を山形城に派遣せねばなるまい」

と、利勝。

忠世はしばし、首をひねったあとでつづけた。

「最上家の取次役は本多上野介殿。本来なら、上野介殿が赴くべきだが……」

本多上野介正純は、秀忠暗殺未遂事件以来、宇都宮城に逼塞《ひっそく》している。

利勝は、ここぞとばかりに発言した。

「いや。ここは是が非でも上野介殿に行かせるべきでござる」

「しかし……」

謀反人の疑いが残る正純に、このような大役を与えてよいものか、と忠世は難色を示した。

利勝は苦々しい顔で答えた。

「山形城には、あの鮭延越前のごとき荒武者が詰めておるのですぞ」

「だから？」

「雅楽頭殿、こたびの評定を受理なされたのはご貴殿ではござらぬか。本多上野介に行かせぬ、となれば、ご貴殿が山形に乗り込むしかございますまい」

忠世は泡を食った。

「い、いや、やはりここは、本多上野介に行かせるのが筋かと……」

「左様にござろう。利勝、同意にござる」

二人とも内心で、本多正純は殺されるなあ、と予感した。

とはいえ。

酒井忠世は単純に同情している。が、土井利勝は、これで自分の最大の政敵が始末できるとほくそ笑んでいた。

酒井忠世がつづけた。

「最上領内の諸城の押収には、伊達家と上杉家の軍勢を当てるのがよろしかろう」

「いかにも」

「ただいま江戸入りしておる最上の重臣どもは、このまま江戸に留めおくのがよろしかろう」

「最上の兵を抑えるための人質にござるな。松根備前、山野辺義忠、楯岡光直、そして鮭延秀綱。彼らを拘留しておけば、最上の兵は頭を失ったも同然」

「いかにも。将がいなければ兵どもは動けまい」

利勝は、満足げに頷いた。

「最上の家臣ども、早々に配流先を決めねばなりませぬ」

酒井忠世が憎々しげに膝を叩いた。

「しかし、越前め、なんという暴言！」

越前の処分を考えているうちに、昼間の怒りを思い出したらしい。

土井利勝はふたたび瞼を半眼に閉じて、唇だけわずかに開いた。

「あれこそが戦国の武士でござろうな。意気地だけで世を渡って行けるものと信じておる。逆に一歩でも譲歩すれば、それを契機にどんどんと、押しまくられると恐れておるのでござろう」

土井利勝は、フウッと長く息を吐いてから、つづけた。

「野蛮な時代を生き抜いてきた御仁にござるよ。その野蛮な世を終わらせるために我らがおる。徳川の力をもって、秩序ある世を構築せねばならぬのだ」

そのためにも最上家は潰さねばならぬ。出羽奥州の要石には、譜代の大名を据えるのが一番だ。

土井利勝はあらためて確信した。

あのような者どもに、最上領を預けておくわけにはいかない。

溜之間から下がろうとすると、廊下で背後から呼び止められた。

「大炊」

振り返ると、甲府中将忠長の姿が見えた。

土井利勝は向き直って一礼した。

忠長はズカズカと歩み寄ってきて、意味ありげな笑みを浮かべさせた。この若者が他人に微笑みかけるときは、他人に何かを要求するときだけ、である。

案の定、とんでもないことを言い出した。

「大炊、鮭延越前をわしにくれ」

土井利勝はチラリと目を上げた。外面は落ち着きはらっていたが、内心ではかなり動揺している。

「甲府中将様におかれましては、あの老人をいかがなされるおつもりか」

忠長は、親しみの持てない薄笑いを浮かべたまま答えた。

「わしが家の侍大将とするつもりよ。あれは古今の名将である。そしてあの度胸。わしは気に入った。そのように計らえ」

土井利勝の目玉がビクリと動いた。

「鮭延越前は上様に無礼を働いた者にござる。甲府中将様の家臣に相応しいとは思えませぬ」

「それはわかっておる。ゆえに、そちの知恵に頼っておるのだ」

土井利勝は、内心でうんざりとした。

甲府中将家は二十万石もの大封を領している。鮭延越前の言い様ではないが、こんな小僧に二十万石を与えておくのは、弊害のほうが大きすぎる。

「鮭延越前は、この大炊が預かることとなっており申す。上様の御裁可もいただいておりますゆえ、変更はできませぬ」

と、嘘をついた。

鮭延越前を放置しておけば、いつなんどき、忠長のような出過ぎ者が家臣に招くかわからない。鮭延越前の身柄は、何がなんでも手元においておかねばならない。と、確信した。

「今一歩、遅うございましたな」

いまだ何かを言い募ろうとする忠長に微笑みかけて、その話題をきりあげた。

なんとこの翌年、土井利勝は、鮭延越前に五千石を与えて自分の家臣にしてしまう。危険な男を野放しにしておくわけにはいかなかったのであろう。

四

数日後――。

最上家改易の沙汰が公式に発表され、伊達家と上杉家に対して、最上領収公と城受け取りのための軍令が下された。

もし最上家が抵抗すれば、伊達・上杉連合軍との戦になる。さらには徳川本隊が出兵することとなろう。

元和偃武のお題目も虚しく、またしても日本国に、きな臭い火縄の臭いが漂いはじめた。

越前忠直の騒動が無事にすんだと思っていたらこのありさま。人々は徳川幕府瓦解の予感に怯えている。

# 第八章　暗闘　千歳山

一

「今宵はお暇《いとま》伺いに参上いたしました」

伊達政宗が拝跪《はいき》している。八丁堀寺町の塔頭寺院である。正面の須弥壇上には宝台院が立っていた。

「うむ。仙台宰相殿には、ご苦労をおかけいたす」

「これより仙台に立ち戻りまする」

「いよいよ最上の息の根を止めるときがきたようじゃの」

「ハハッ。さらには本多正純の命をも奪いまする」

最上家改易の上使として、本多正純が山形城に乗り込むことも決められた。

今、最上家は殺伐として混乱している。そこへ単身乗り込めばただではすむまい。否、最上側が無事にすまそうとしても、政宗が無理やり争乱に持ち込むのだ。

本多正純は、最上家か政宗か、どちらかによって殺される。

「うむ。そのほうの企図したとおりの展開よな。満足いたしておるぞ」

「ありがたきお言葉。それでは、しばしお暇いたしまする」

政宗は拝跪して、去った。

政宗は昼夜兼行で馬を走らせた。奥州街道を北上する。飛ぶように駆けつづけて仙台城下に到着した。

仙台の城下にはすでに伊達軍二万が集結していた。一足先に帰国した早馬が、政宗の陣触れを伝えていたのである。

伊達成実《しげざね》、片倉重長《かたくらしげなが》、茂庭延元《もにわのぶもと》など、政宗とともに戦場を駆けた武将が連なっている。上方より遅くまで戦乱がつづいた陸奥ならではで、戦国往来の古強者があらかた生き残っていた。

それにしても、この手早さと陣容の見事さはどうであろうか。居並ぶ雑兵の旗指物が雄渾に風にはためいている。政宗が釆を一振りすれば、即座に駆けだす準備が整えられていた。

他の大名家ではこうはいかない。殿様に出陣を促されても、まるで茶会に呼ばれたかのようにゆったりと、おもむろに腰を上げるような二代目、三代目ばかりになっている。

「着陣ご苦労」

政宗は本陣に顔を揃えた家臣たちを睥睨《へいげい》し、満足げに頷いて、隻眼を細めさせた。憎くてならぬ最上家を、ついに滅亡させるときがきたのだ。伊達家の誰しもが胸に闘志を漲らせ、武者震いを総身に走らせていた。

勇躍、仙台を出陣した伊達軍は、一路、笹谷街道を西進した。笹谷峠を踏み越えると、山津波のように最上の山塞に襲いかかった。

別動隊も最上街道の中山峠、布袋街道の鍋越峠、関山街道の関山峠を越えて最上の領土を蚕食《さんしょく》する。またたくうちに二十余城を抜いて、新庄や天童、寒河江《さがえ》などの要所を制圧した。

同じ頃、将軍秀忠から派遣された本多正純が山形入りを果たしている。

さしもの謀臣も荒ぶる事態を目の前にしてはなす術もなく、もはや『我が事終われり』と達観したような顔つきであったという。

二

──伊達軍の侵攻より四日ほど前。

信十郎は浅草に近い川べりの、土手の上にゴロンと寝ころがっていた。最上家が取り潰されるらしい、と市井《しせい》の噂になっている。当然、信十郎の耳にも達していた。

結局のところ、信十郎は何もできなかった。松根備前の一命を賭けた計略も最上家を潰そうとする力の前には無力であった。

目の前を滔々と大川が流れていく。人ひとりの力など無力だ。さながら大河を人の力で塞《せ》き止めようとしたようなものであったのだ。

旅の疲れと寂寥感が身を包む。こんなときは寝るのにかぎる。

信十郎は肘枕をして寝返りをうった。

と。そのとき。

土手の上に、見覚えのある男が見えた。

山伏の姿をしている。巨漢である。ゆったりと足を運んでいるように見えるが常人が走るのよりはるかに速い。

――山坊主ではないか。

ゼンチ居士の配下として、置賜の隠れ里を守っているはずの忍びであった。

山坊主は脇目もふらずにやってきて、信十郎の前で足を止めた。

「やぁ、探し申したぞ」

と、黒髭の見苦しい顔をニヤリと笑ませた。

探した――と言うが、信十郎は鳶澤甚内《とびさわじんない》のもとに身を寄せている。甚内は関東乱破《らっぱ》、風魔一党の頭領だ。信十郎を見つけようとしても、見つけられるような相手ではない。それを見つけ出し、こうしてやってきたのであるから、この山坊主とゼンチ居士、並々ならぬ忍家であろう。

それにしても、やけに人懐こい笑顔を向けてくる。図々しいまでの馴れ馴れしさだ。

黄色い乱杙歯《らんぐいば》を剝き出しに笑う顔だけ見れば、白痴のようにしか思えない。

この愚人じみた外面の下に、上杉謙信の覇業を支えた忍者の素顔があるのであろう。

信十郎はゆったりと立ち上がった。

「わたくしに、何か御用でござったか」

「んだ。我が主、ゼンチ居士から言伝《ことづ》てだ。ご足労だが、出羽まで来てもらいてぇ」

「何用でござろう」

「わしにはわからん。だども、伊達軍が最上入りするより早く、行かねばならん」

「なにゆえ」

山坊主は素朴な笑顔のまま、「そんなこともわからねぇだか」と皮肉を洩らし、それから容易ならぬ言葉をつづけた。

「出羽奥州が、戦国の世に逆戻りするからだべよ。下手したら日本全国火の海だぁ。公方様も殺されるべなぁ」

信十郎は顔色を変えた。

「ゼンチ居士様が、そう仰ったのか」

「んだ。だから、早く行くべぇ」

信十郎は頷いて、金剛盛高を腰に差した。

伊達政宗と本多正純に先立つこと一日。信十郎とキリ、鬼蜘蛛は、風雲急を告げる奥羽に入った。山坊主に導かれ、ゼンチ居士のもとに案内された。

## 三

「これは、どういうことやねん」

鬼蜘蛛が不機嫌そうに唇をとがらせた。

上杉軍が隊列を揃えて進軍している。馬印を掲げた騎馬武者に、徒士武者、槍足軽、鉄砲足軽がつづく。中山街道に沿って北進し、一路、山形城を目指していた。

さすがは上杉軍である。関ヶ原の敗戦で百二十万石から三十万石に減らされたとはいえ堂々たる軍容だ。武具の手入れも行き届いている。鉄砲隊が担いだ銃の中には、あの火打ち式鉄砲も混じっているかもしれない。

山坊主と信十郎たち四人は、殺気だった軍兵のあいだを縫って進んだ。

無論、胡乱《うろん》な四人組であり、何度も誰何《すいか》された。そのたびに山坊主が何かを見せて切り抜けた。

山坊主は上杉家の忍軍、『軒猿』の組頭であろう。浪人、芸人、巫女の三人組も軒猿だと見なされたに違いない。むしろ納得されて陣中の通過を許可された。

夕暮れとなり、上杉軍は野営に入った。煌々と篝火を焚いて最上勢の迎撃に備えた。

中山街道の中山村が上杉と最上の国境《くにざかい》である。

上杉家の当主、景勝の陣所は中山村の庄屋屋敷に置かれたようだ。

山坊主は庄屋屋敷近くのあばら家に向かった。馬小屋と見紛うばかりの粗末な家の、間口の筵を捲り上げた。

のっそりと踏み込んだ山坊主につづいて、信十郎らもあばら家の中に入る。囲炉裏の炎が屋内を照らしていた。

「やぁ、来たか」

ゼンチ居士は囲炉裏端に座って粗朶《そだ》をくべながら笑った。

もっとも、顔は白布で隠している。目も笑ってはいない。忍びやかな笑い声が漏れただけである。それでも滅多に見せぬ愛嬌であろう。

「まあ座れ。長くなる」

ゼンチ居士が板間に敷かれた筵を指した。筵と言うより藁が敷きつめられているようではあったが、信十郎は囲炉裏を囲んで腰を下ろした。

「まさに、出羽奥州の大乱でござるな」

信十郎が言うと、ゼンチ居士は首を横に振った。

「上杉の進軍がか？　まだまだ。これからもっと酷くなる」

「なにゆえでしょう」

「そなたら、最上領内での、黒脛衣どもの暗躍を見てきたであろう」

「はい」

ゼンチ居士がくべた柴に火がついて、ボオッと橙色の炎が燃え上がった。ゼンチ居士の両目が炯々と光って、信十郎を凝視した。

「最上の騒動を掻き立てたのは、伊達政宗よ」

「いったい仙台公は、何を考えてこのような騒動を引き起こされましたか」

「ふむ、それはな……」

ゼンチ居士は、伊達政宗の企図するところを語った。宝台院の存在こそ摑んでいないが、政宗が出羽で戦争を起こそうとしていること、あわよくば、その戦争を全国に飛び火させ、何十万もの浪人や、キリシタン武士を蜂起させ、徳川の天下をひっくり返そうと目論んでいること、などを、諜報をもとにして結論づけた。

恐ろしいことにこの老人は、出羽置賜の隠れ里にあって、日本全国の情勢に通暁していたのだ。ゆえに、その推測はすべて、的を射て外すことがなかった。

「伊達軍を山形に入れてはならぬ。山形は火の海となり、上様の上使、本多上野介殿は殺される。出羽奥州で上がった火の手は、またたくうちに日本国を焼き尽くすであろうぞ」

信十郎も、事態の容易ならぬことに気づかされた。囲炉裏に照らされた顔貌が緊張感に包まれている。

だが。しかし。

「しかし、それがしに何ができましょう。それがしは一介の素浪人。最上騒動を目の前にしながら、松根殿ひとり救えなかった愚か者にござる」

「無論、わしとて、そなたに一人で伊達軍二万を押し返せ、などと無理を言うつもりはない」

そして、またもギラリと双眼を光らせ、自信ありげに頷いた。

「伊達軍二万は、我ら、上杉勢で塞《せ》き止めてくれよう」

と言いつつ、フッと肩の力を抜いて、自嘲するようにせせら笑った。

「とは言うものの。我が軍勢の歩みは蝸牛のごとくに遅くてのう。このままでは政宗めに先を越される」

たしかに。伊達軍は笹谷峠を越えたというのに、上杉勢はまだ国境でひっかかっている。上杉勢が山形に到着した頃には、もう城下は伊達軍に蹂躙され、どさくさにまぎれて本多正純も殺されているに違いない。

「そこでそなたの出番よ」

ゼンチ居士は、頭巾と覆面のあいだから覗かせた両目でまっすぐに、信十郎を見つめた。

「そなたに一肌、脱いでもらいたいのじゃ」

「わたしに、何をせよとの仰せで」

「それはな……」

ゼンチ居士の計略を聞かされた信十郎は、上杉陣を抜けると、その足で山形城下に走った。

四

「政宗めの使いと申すはそのほうか」

山形城二ノ丸内の脇御殿。小ぶりながらも贅を尽くした書院造りの一室で、保春院が高々と声を放った。

「ハハッ、波芝信十郎と申しまする」

信十郎は深々と頭を下げた。

「波芝……。聞かぬ名じゃ」

保春院は疑わしげに信十郎を見つめたが、信十郎の後ろに控えた山伏とも芸人ともつかぬ男が黒い脛衣を巻いているのを見て、やっと表情を和らげた。

「黒脛衣組の者であるか。大儀である」

「ハハッ。火急の事態でございますゆえ、ご挨拶は省かせていただきまする」

「うむ。まことに火急、火の粉がこちらまで飛んでくるようじゃ……」

伊達軍と上杉軍の侵攻に城下が殺気だっている。城攻めの際、攻城軍の陣地や宿所に利用されてしまうので、城外の町家は取り壊さねばならず、そのために放たれた炎の火の粉が二ノ丸にまで降ってきた。

いかに気丈な保春院とはいえ、恐怖を感じさせること一入《ひとしお》の光景だ。

最上の当主が義光のごとき英雄であればまだしも、義俊は白面の青二才である。さらには、鮭延越前たち侍大将も江戸に拘禁されている。戦国生き残りの伊達政宗に対抗できる者がいないのだ。

伊達軍が侵攻してきたら、城内まで炎に包まれる。保春院も殺されるであろう。

富貴な人生を送った者に共通の性格で、保春院にも命意地の汚いところがあった。いつまでも生きて、いつまでも楽しく暮らしたかった。

死ほど恐ろしいものはない。

「して、政宗の口上は？」

溺れる者が藁を掴む心境で、信十郎に訊ねた。

信十郎は顔を上げた。

「ハッ、殿におかれましては、ただただ、お母上、保春院様の御身《おんみ》を案じておられまする。願わくば、それがしとともに山形城を出て、笹谷峠に在陣中の殿のもとにご動座くださいますよう、お願い申し上げまする」

「おお！」

保春院の目が見開かれた。

「政宗は、妾を許す――と申しておるのか」

保春院はかつて、次男の小次郎を愛するあまり、長男の政宗を暗殺しようと計ったことがあった。

政宗を殺し、小次郎を伊達家の当主にしようとしたのだ。

暗殺は未遂に終わり、保春院は実家の山形に逃れた。それから一度も政宗の顔を見ていない。政宗に会えば仕返しされる、と、この、苛烈な女は信じていた。

「申すまでもなきことにございまする。母をいとおしく思わぬ息子がいずこにおりましょうや。さぁ、戦火が迫っておりまする。手遅れにならぬうちに笹谷峠へ。殿がお待ちにございまするぞ」

このまま山形にいれば殺される。

政宗が許すと言うのなら、伊達家の庇護のもと、仙台で贅沢に暮らしたい。

こうあってほしいと願っていることを目の前にぶらさげられれば、希望的観測を優先させ、疑いの目を曇らせてしまうのが人間だ。まして苦労知らずでわがまま放題の女性ならばなおさらである。

保春院は、いそいそと腰を上げた。

「ささ、早よう案内《あない》いたせ、波芝とやら」

長年世話になった最上家を、後ろ足で蹴立てるようにして、御殿の玄関に向かった。

伊達政宗の本陣は笹尾峠の関沢集落に置かれていた。

峠道はもちろんのこと、近隣の尾根にも伊達軍二万が野営して、篝火を焚きあげている。竹に雀の家紋を染めた幟旗が尾根すじに沿って翻っていた。

「母上が⁉」

伊達政宗はギロリと片目を剝いて、使番《つかいばん》の男を睨みつけた。

「母上が、来ておると申すか」

「ハハッ、最上家中、波芝信十郎と名乗る者が、保春院様を送り届けてまいった由にございまする！」

政宗はガチャリと鎧を鳴らし、床几を蹴って立ち上がった。

「すぐ、ここにお連れいたせ！」

使番はいやな予感に襲われた。

保春院は、実母でありながら政宗を殺そうとした女である。政宗は母親に似たのであろう、実に気性の激しい男だ。母が息子を殺すのであるから、息子が母を手討ちにしてもおかしくはない。

顔を上げて、政宗を見た。政宗の目が血走っている。両手がブルブルと震えていた。今にも腰の刀に手を伸ばし、抜き打ちにしてきそうな姿であった。

政宗が激怒して叫んだ。

「何をグズグズといたしておる！　即刻、連れてまいるのじゃ！」

こっちが手討ちにされてはかなわない。使番は急ぎ、保春院のもとへ走った。

「政宗殿……！」

老いた尼僧が頼りない足どりで本陣に入ってきた。三十二年ぶりの再会である。母は老婆に、青年武将だった息子も老人になりかけている。

だが、さすがに母親だ。一目で息子の姿を見分けると、よろけながらも歩み寄ってきた。

「母上！」

政宗は、隻眼をカッと見開き、口をワナワナと震わせた。

伊達政宗は、梵天丸《ぼんてんまる》と名乗っていた幼少のみぎり、重篤な疱瘡（天然痘）に罹患《りかん》した。

疱瘡は治癒したとしても、醜い瘢痕が顔に残る。愛らしい少年のツルリとした肌が月面のクレーターのようになってしまった。

梵天丸も疱瘡で顔貌が崩れる前は、たいそうな美少年であったらしい。美しいものが大好きな保春院（当時は義姫）にたいそう可愛がられていた。

が、疱瘡で片目が潰れてからは一変した。

それ以降、母親の愛は次男の小次郎にだけ注がれて、梵天丸を毛嫌いするようになったのである。

母親としての人格に問題があったとしか思えないが、とにもかくにも政宗は、母親の愛情に飢えながら成長した。今風に言えば、重度のマザコンだったのだ。

母親に暗殺されかかっても、マザコンが解消されることはなかった。憎い小次郎は殺したけれども、母は殺せず、山形への追放に留めたのはそのためだ。

五十五歳になった今でも、瞼を閉じれば、優しかった頃の母の面影がクッキリと浮かび上がる。自分を見つめて微笑みかける優しい母が目に浮かぶのだ。

もう二度と、自分を見つめて微笑んでくれることはない、と、そう信じていた母親が、今、目の前にいて、自分を見つめて微笑みながら、なんと涙まで流していた。

「母上！」

政宗は人目も憚らず駆け寄ると、母の両手を握りしめた。

「ああ、政宗、梵天丸、この愚かな母を許しておくれ」

「許すも何も……、それがし、一度として母上を憎んだことなどございませぬ！」

「おお政宗。母も、そなたを嫌ったことなどありませぬ。山形に追放されても怨みもせず、ただただ、そなたの身を案じておりましたぞ！」

保春院は息子の胸に取りすがり、「よよよよ」と涙にくれた。

どこまで本気かわからないが、こういう状況になれば涙のひとつも湧いてくる。涙を流せば嘘でも本気になるのが人情だ。

母と息子は手を取り合って涙した。もはや言葉にならない。ただ「ワァワァ」と喚きつつ、互いに許しを乞うばかりであった。

とんだ愁嘆場ではあるが、政宗と保春院の暗闘を知り尽くしている伊達家の重臣たちには、それなりに感動的な母子和解の瞬間である。ついつい、釣られ涙にくれてしまう者もいた。

そんな様子を樹上から、信十郎と鬼蜘蛛が見下ろしていた。

「これでいい。戻るぞ」

信十郎の姿が一瞬にして枝から消える。鬼蜘蛛は釣られ涙を袖で拭い、鼻水をズルッとすすり上げると、あとにつづいた。

# 五

政宗は笹谷峠でまるまる一日を潰した。母との再会が嬉しくて、戦どころではなかったのである。

精一杯に歓待を尽くし、陣中ながらも茶会など催して、昔話に花を咲かせたりした。とは言うものの、今は伊達家が天下を取れるかどうかの分水嶺だ。名残を惜しみつつ保春院を仙台に送り出し、政宗はふたたび進軍を開始した。

だが――。

進軍を開始して間もなく、先手衆の使番が駆け戻ってきた。なにやら異様に慌てふためいていた。

「上杉勢、峠の出口を塞いでおります！」

「なんじゃと⁉」

政宗の隻眼が訝しげに顰《ひそ》められた。

「馬を引けィ！」

政宗は馬上の人となると、峠道を一気に駆け降りた。行軍の先頭にまで達し、行く手を見やって愕然とした。

笹尾峠の峠道は、山形盆地の入り口で漏斗状に広がっている。

峠の出口を三方から囲むようにして、上杉軍の陣所が築かれていた。

上杉の陣城は、残らずこちらに矛先を向けている。槍だけでなく火縄のついた鉄砲までもが筒先を揃えていたのであった。

「これは……、なんとしたことぞ！」

政宗は即座に行軍の停止を命じた。

このまま進んでいけば三方から撃ち竦められる。峠道を出た部隊から順番に、全滅させられることとなるだろう。


その頃、信十郎は千歳山の山頂にいた。

千歳山は山形城の東部に聳える四角錐形の独立峰である。全山が赤松に覆われており、山形の名勝として知られている。みちのく三松のひとつ、阿古耶《あこや》ノ松で有名な歌枕なのだが、同時にこの山は、眼下を走る笹尾峠道を制圧するための要塞でもあった。

さらには街道を挟んで、いくつかの古刹や寺院が置かれている。

これらの寺社は水堀と石垣、漆喰塗りの頑丈な塀、鐘撞《かねつき》堂などに偽装した矢倉を備えている。笹尾峠を下ってきた敵勢を取り囲み、四方八方から矢玉を浴びせる防衛ラインを構築していたのだ。

寺町や景勝地に偽装した要塞である。

この防御陣を構築したのは、言うまでもなく最上義光である。義光の企図した防衛構想が的中し、今、山形を守るために発揮されている。

陣城に詰めた兵たちが、最上兵ではなく、義光の仇敵、上杉の軍兵である、というのが皮肉ではあったが。

ゼンチ居士は眼下を眺めて満足そうに頷いた。横に立つ信十郎をちらりと見やって微笑んだ。

「どうにかこうにか間に合った。波芝殿のおかげでござるな」

山形盆地の防衛陣地に上杉軍が入るなど、常識では考えられないことである。

ゼンチ居士はこの防衛ラインの重要性に気づいていたが、彼の力では占拠できない。無理に押し通れば戦となり、伊達軍を迎撃するどころの話ではなくなる。

最上義俊に対し、上杉勢の入城を説得したのは信十郎であった。

義俊は、松根備前から、「危急の際には波芝信十郎なる者の言に従うこと、波芝の言は松根備前のそれであること」を言い渡されていたらしい。松根が江戸へ向かう前に言い残していったようだ。

松根備前しか頼る者のない義俊は、一も二もなく信十郎の進言を聞き入れて、上杉勢を受け入れた。

たしかにこの役目、信十郎にしか成し遂げられないものであったろう。ゼンチ居士が急いで信十郎を呼びつけたのには、そういう理由があったのだ。

信十郎はゼンチ居士に向かって苦笑いをした。

「わたしは、あなたと松根殿に操られていたようですな」

松根備前が義俊に言い残した言葉は、ゼンチ居士にも伝わっていた。あるいは松根からゼンチ居士宛に、『最悪の場合は波芝信十郎に事態を託すように』との、書状が送られていたのかもしれない。

ゼンチ居士は覆面を揺らして笑った。

「仕える家は異なれど、わしと松根殿の思いは一つ。出羽奥州の安寧よ。それは江戸の秀忠公も同じであるはず」

それから信十郎をちらっと見やって、

「そなたにはご足労をかけたが、そなたにとっても、本望でござろう?」

と言った。

信十郎は、あらためてゼンチ居士の恐しさを知った。

秀忠と信十郎の友誼は深く秘されている。だが、この老人の炯眼《けいがん》の前には、すべてお見通しのようだ。

ゼンチ居士は、采配代わりの竹竿にすがって、背筋をグイッと伸ばした。

「さて、政宗の顔でも拝んでこようかの。そなたもござれ」

なにやら悪戯《いたずら》盛りの少年のような、稚気あふれる風姿であった。

政宗の本陣は滑川に移された。伊達軍二万は進むに進めず、狭い谷間に押し込まれている。

ゼンチ居士が入っていくなり、伊達政宗は隻眼を見開いて怒鳴りつけた。

「おのれは！」

頬のあたりが引きつっている。怒りのあまりに全身が震えだし、鎧や草摺《くさずり》がカチャカチャと鳴った。

信十郎はゼンチ居士の後ろに控えて、二人の対決を見守った。

ゼンチ居士は深々と一礼した。

「ゼンチ居士と申す隠者でござる。以後、お見知りおきを」

政宗はカッと激怒した。

「何がゼンチ居士じゃ！　達三全智《たつさんぜんち》居士、おのれの戒名であろうが直江兼続！」

ゼンチ居士は「ふふふ」と笑った。

「そのような者は三年前に身罷《みまか》ってござる。ここに控えしは只の隠者。この世にあって、この世になき者にござる」

「痴《し》れ言《ごと》をぬけぬけと申すな！」

ゼンチ居士は政宗の怒声を無視して、青竹でトンと地面を突いた。威儀を正して告げる。

「さて、山形城はすでに上杉の手で接収してござる。最上義俊殿は、本多正純殿の命に服して城を明け渡し、間もなく転封先の近江にご出立なされる。伊達殿におかれましては、速やかに兵をお退きなされまするよう」

政宗はしばし無言でゼンチ居士を見つめていた。次第にその目が、ギラギラと光を放ちはじめた。

「ゼンチ居士とやら。そのほう、この世にあって、この世になき者、と申したな」

「いかにも」

「ならば、そのほうが千歳山に布いた陣も、この世にあってこの世になき陣。この世になきものであれば、踏み通っても問題あるまい」

「左様にございましょうな」

政宗はクイッと顎を引いた。

「では、後刻会おうぞ」

ゼンチ居士は一礼し、政宗の陣所を去った。

二人は千歳山に取って返した。

「やはり、直江山城守兼続様だったのですね」

ゼンチ居士はニヤリと笑った。

「いつ、気づいた？」

「鉄砲工房のある山里で。あのとき、貞心尼様をお見かけしました。貞心尼様といえば、直江兼続様の未亡人。そのお方が自ら足を伸ばして会いに行かれるお方は限られます。それにあの隠れ里は白布高湯《しらぶたかゆ》。彼の地に鉄砲工房をつくられたのも直江兼続様」

「なるほど。お見通しじゃのう」

「しかし、なにゆえに死んだまねなど？」

ゼンチ居士はカラカラと笑った。

「わしは家康に憎まれすぎたわ。わしが上杉の家老でいるあいだは、将軍家の警戒は解かれぬ。上杉家のためにならぬのじゃ」

「ゆえに、身を引かれましたか」

「うむ。じゃが、そなたには見抜かれた。見る者が見れば即座にバレる三文芝居よ」

「そのような……」

「それに引き換えこのわしは、そなたの正体がいまだ摑めぬ。これはわしの負けかのう」

「滅相もない」

自分についていろいろほじくられると面倒なので、信十郎は話題を変えた。

「それで、こたびの一件は、これからどうなります？」

「うむ」

ゼンチ居士は声をひそめた。

「政宗め、諦めの悪いことでは日本一の男だわ。山形城下に出られさえすれば、いかようにもなる、と思っておろう。本多正純殿、最上義俊殿、そして我ら上杉勢をひとからげにして、攻め滅ぼすつもりであろう」

「そんなことができましょうか」

「山形盆地に出られさえすれば、できるであろうな。なにしろ二万余の軍勢を率いておるのじゃ。統制を失った最上兵と、我ら上杉の手勢では、正面きっては太刀打ちできぬ」

「では、攻め下りてまいりましょうか」

「それは、あるまい。笹尾峠を下ってまいれば、隘路《あいろ》から出た順番に壊滅させられる。その程度の道理が理解できぬ男ではない」

ゼンチ居士は自信ありげに笑った。

「政宗は道理から外れぬ男よ。ゆえに、次にどう出てくるのかが予測できる。だから恐ろしくはない」

と、今度は何を思ったのか、自嘲するように笑った。

「本当に恐ろしいのは――。む、ふふふふ……」

道理から外れた戦争を仕掛けてくる男のことを述懐していたのだが、それは、信十郎の理解の外にあった。

その日の夜。

一日じゅう睨み合っていた両軍の将兵も、長時間の緊張に疲れ果てていた。寅の一点（深夜二時頃）、さしもの上杉兵も深い眠りに誘われ、見張りの兵も、ついうとうとと微睡《まどろ》んで、槍に身体を預けていた。

霧が足元から忍び寄ってくる。この霧を吸った者は、異様な睡魔に襲われた。一人、また一人と眠りに落ちて、グッタリと身を横たえた。

ついには陣所の全員が高鼾をかきはじめた。

その直後。黒い影が次々と陣所に乗り込んできた。平城《ひらじろ》として設計された寺院の堀を渡り、塀を乗り越えて入ってくる。総勢二十名ほどであろうか。全員が黒覆面に黒装束、黒い脛衣を着けていた。

曲者たちは上杉兵の寝息を確かめると、腰の短刀を引き抜き、咽首に押し当てようとした。

陣所の兵士を皆殺しにして無力化し、その隙に伊達軍が進軍する。政宗と黒脛衣組の企図した作戦は、まんまと成功しそうに思われた。

が、その瞬間、

篝火を隠していた黒い覆いが取り除かれた。陣所が眩しい炎に照らし出される。曲者どもはギョッと顔を上げ、目を瞬かせた。

「待っておったぞ、黒脛衣ども」

白覆面のゼンチ居士が姿を現わす。

「奇襲で陣所を奪わんとすることは、予想がついたわ」

上杉忍軍『軒猿』たちがザザッと出現する。その中には山坊主と、信十郎、鬼蜘蛛の姿もあった。

取り囲まれた黒脛衣組も、一斉に剣を構え直した。即座に無言の乱戦が展開されはじめた。

「押し包め！　一名たりとも逃すな！」

ゼンチ居士が竹竿を振って下知する。ゼンチ居士もまた、黒脛衣組の暗躍には怒りを抑えかねていたのだ。

準備万端に待ち構え、自軍に有利な場所にまで黒脛衣組を引きつけていた軒猿たちは、初手から黒脛衣組を圧倒した。

黒脛衣たちには罠にはめられた動揺がある。忍者は、自分が設定した状況下で戦う分には強いのだが、敵の手の内で戦うことは苦手としている。

黒脛衣たちは、二組に分かれた。

一組が自殺的な奮戦で斬り防いでいる間に、もう一組が塀を乗り越えて遁走した。

山坊主、信十郎、鬼蜘蛛は、逃げた者どものあとを追った。


闇の中、深田の畦道を走る。

黒脛衣組は追いつかれそうになると、最後尾の者が身を翻して斬りかかってきた。

この者が身を挺して戦う間に、先の者どもが距離を稼ぐのだ。味方を犠牲にして組頭を逃がすという冷徹な作戦であった。

信十郎の目の前で、忍びがクルリと反転して抜刀した。太刀を翳して斬りつけてきた。

信十郎は前傾姿勢で走り抜けた。左手で腰の刀を握り、反りを打たせて鯉口を切る。

次の瞬間には、金剛盛高二尺六寸が光芒となって抜き放たれた。

忍びは驚愕に目を見開いた。間合いの目測よりはるかに早く、信十郎が身体を寄せてきたからだ。

金剛盛高は忍びの腹部を斜めに斬った。ビュッと血飛沫が飛び散った。

信十郎は脇目もふらずに駆け抜ける。背後でドサッと忍びの倒れる音がした。

黒脛衣組は、逃げきれぬと覚ったのであろう。あるいは、追手は三人と舐めてかかったのかもしれないが、小白川の河原に下りて散開した。

黒脛衣の頭領が鋭い視線で睨みつけてきた。

「やはり、お前か……」

スラリと直刀を抜いて身構える。痩せた長身の鍛えられた肉体だ。壮絶な凄味を感じさせた。

信十郎は頭領の正面に立ちはだかった。

「屋代勘解由だな」

こちらはゆったりと構えた。刀を高く振りかぶる。巨木のように大きく、悠然とした姿であった。

二人が激突するのは、越前の寒村以来である。以降、敵と味方に分かれたまま、互いの企図を潰しあってきた。

屋代勘解由は憎々しげに呟いた。

「今宵こそ、決着をつけてやるわ」

二人は構えあったまま、ジリジリと足を踏み出した。間合いを次第に狭めていく。

その周囲では鬼蜘蛛と山坊主が激戦を展開している。屋代勘解由直属の忍びとの戦いだ。刀やクナイの撃ち合う火花が闇の中に飛び散った。

その間も信十郎と勘解由のにらみ合いはつづく。剣の潮合いが満ちていく。二人のあいだで殺気が大きく膨らんでいった。

やがて、

「ヤアッ!」

「トオッ!」

鋭い気合が放たれて、二人の影が交錯した。キインッと金属音を残してすれ違う。

信十郎は身体をひねって二ノ太刀を振るった。横殴りに振り下ろした切っ先が勘解由の痩せた脇腹を襲う。

勘解由は直刀を立てにした。太刀と太刀とが打ち合わさる。と同時に勘解由が斬りつけてくる。刃の鈍い輝きが山なりの残像を描いて迫ってきた。

信十郎も金剛盛高を振り下ろした。直刀の嶺を叩いて打ち落とした。

「うおっ!?」

信十郎の豪剣をまともにくらい、屋代勘解由が飛び退く。直刀を握った手のひらに痺れを感じているようだ。覆面から出した目が苦々しげに顰《しか》められた。

勘解由はまっすぐ背後に飛んだ。信十郎はすかさず追い打ちをかける。

と、勘解由は真後ろに倒れ込みつつ、右足を鋭く蹴り上げてきた。長い脚が鞭のように撓《しな》り、信十郎の顎に襲いかかった。

信十郎は咄嗟に避けたが、衿のあたりを切り裂かれた。勘解由は足指のあいだに刃物を挟んでいたようだ。

今度は横蹴りの格好で、足指に挟んだ刃物を投げつけてきた。

信十郎は刀の柄を顔の正面に翳した。勘解由の足から放たれた刃物が柄に刺さる。菱に巻いた柄巻と鮫皮が切り裂かれた。

信十郎は臆することなく肉薄した。タイ捨流の剛剣は鉄兜をも割る。気合もろとも斬り落とした。

「ぬうっ⁉」

からくも受けた屋代勘解由の直刀が、根元からボッキリと折れた。勘解由は滅多に見せぬ焦りを見せて飛び退いた。

「勘解由様！　お逃げくだされ！」

黒脛衣の一人が身を投げてきた。屋代勘解由の盾となる。勘解由を斬りつけた信十郎の刀が、黒脛衣の背中をザックリと斬った。

「あ、あかんッ！」

そこへ鬼蜘蛛が飛び込んできた。

と同時に信十郎は、火縄の焦げる臭いを嗅いだ。

信十郎の目の前で、黒脛衣の身体が炎を噴き上げた。直後、轟音とともに破裂する。身体に巻いた火薬に自ら火を点けたのだ。必殺の人間爆弾であった。

壮絶な白煙があたりを包んだ。空高くまで噴き上げられた小石や枯れ枝がパラパラと降ってきた。

信十郎と鬼蜘蛛は、河原の大きな岩の陰から、もっくりと立ち上がった。

鬼蜘蛛が腕を引いてくれるのが遅かったら、爆発に巻き込まれていたであろう。着物の袖が焦げている。腕や頬にも軽い火傷を負ったようで、ヒリヒリと痛んだ。

山坊主が走ってきた。

「火薬の量がたいしたことなくて、ようござったな」

たしかに。あの二倍量の火薬を抱え込まれていたら、信十郎も鬼蜘蛛も岩ごと吹き飛ばされていたに違いない。

「屋代勘解由はどうなりました」

山坊主は首を横に振った。

「川に飛び込まれて、逃げられた」

軒猿の頭領も、爆発から身を護るのに精一杯で、敵を追うだけの余裕はなかったのであろう。

「まぁ、仕方がない。ゼンチ居士様には叱られるかもしらんが」

と、山坊主は、黄色い乱杙歯を剝き出しにして笑った。

屋代勘解由は討ち漏らしたが、黒脛衣組は実質的に壊滅状態にすることができた。しばらくは伊達政宗の陰謀に煩わされずにすむであろう。

「さあ、帰るべか」

山坊主はのっそりと歩きだした。信十郎と鬼蜘蛛もあとにつづいた。

「なぁ、キリはどないしたんや」

鬼蜘蛛が訊ねてきた。信十郎は答えた。

「キリは保春院殿のお側にいる。保春院殿が仙台まで無事に着くよう、警護をしているのだ」

保春院の前では伊達家の侍女のふりをして世話している。伊達家の家臣の前では最上家からついてきた侍女のふりをしていた。このような芸当が可能なのもキリならではである。

万が一、保春院に死なれでもしたら、伊達政宗がどのような狂態を見せるかわからない。保春院は生涯にわたって敵をつくりつづけた女だ。警護には万全を期す必要があった。

背後の山際が白んできた。三人は朝靄の漂う千歳山に引き上げた。

六

「上様」

江戸城西ノ丸御殿の広間で、土井利勝が言上した。

「最上家の騒動、無事に片がつき申しました」

「うむ」

秀忠は疲れきった顔で頷いた。最上騒動の行方が心配で、よくよく眠れぬ夜を過ごしていたのである。

「最上領、一城残らず、伊達と上杉が収公いたしました」

「左様か。大儀であったと申し伝えよ。……義俊には、近江で一万石も与えてやれ。最上家の忠義、忘れてはならぬぞ。これまで無事に出羽奥州を治めることができたは、義光、家親のおかげじゃ」

「ハハッ。最上家は足利将軍家に連なる高貴な家柄。高家《こうけ》として遇するがよろしかろうと存じまする」

高家とは、武家の名門を家臣扱いするに忍びず、徳川の客分として遇する、という特別待遇の大名家である。が、徳川の家来であるのには変わりない。石高のわりには官位が高いという特権ぐらいは与えられた。

「さて、上様」

利勝が口調を改めた。そして、容易ならぬことを上申してきた。

「今こそ、本多正純を改易なさるときかと存じまする」

「なに……？」

本多正純は今、居城の宇都宮を離れている。たった一人で、敵地ともいうべき最上領にいるのだ。本多家の家臣団や手勢から引き離された今こそ、正純を始末する好機なのである。

秀忠は悲しかった。

本多正純は、家康の代から徳川に尽くした忠臣である。大坂の陣など、正純の知謀がなくば、あそこまで鮮やかに進展しなかったであろう。

それほどの忠義者が野心に囚われてころりと裏切る。

これが人間というものの、正体なのであろうか。

土井利勝は、秀忠の黙考を気弱ゆえの迷いと見て取って、腹に力を込めてつづけた。

「本多正純殿の配流先は、秋田佐竹家がよろしかろうと存じまする。ただちに密書を下しおかれて、佐竹の軍兵を動かせば、なあに、本多上野介のごとき、一捻りにできましょうぞ」

秀忠は、疲れきった顔で頷いた。

「よかろう。裁可する。ただし――」

「ただし、なんでござる？」

秀忠は曙光の差した窓辺を見つめた。茜色の空が鮮やかに見えた。

「正純を殺してはならぬ。正純を殺せば、旗本どもが動揺いたそうゆえに」

まだまだ隠然たる権力と、三河以来の譜代たちからの支持を集めている正純だ。改易処分の行方によっては、旗本どもの離反も考えられた。

「承知つかまつりました」

利勝は、口元にたっぷりの自信を覗かせながら拝跪した。

秀忠は、この余裕を見て、逆に不安に襲われた。

利勝は知謀の持ち主で、知恵比べでは負けを知らぬ男だ。だが、このような男がしくじりをしたらどうなるのか。失敗したときの手当を考えてあるのか。

——この自分にかぎって、失敗することなどありえない、と、思い込んでいるやもしれぬ……。

手当はこちらで用意せねばなるまい。

——信十郎……。

秀忠は心の中で呟いた。

時代小説

二見時代小説文庫

刀光剣影《とうこうけんえい》　天下《てんか》御免《ごめん》の信十郎《しんじゅうろう》3

著者　幡《ばん》大介《だいすけ》

発行所　株式会社 二見書房
東京都千代田区三崎町二－一八－一一
電話　〇三－三五一五－二三一一［営業］
〇三－三五一五－二三一三［編集］
振替　〇〇一七〇－四－二六三九

印刷　株式会社 堀内印刷所
製本　ナショナル製本協同組合




ISBN978－4－576－09024－5
http://www.futami.co.jp/

快刀乱麻　天下御免の信十郎1

幡大介／雄大な構想、痛快無比！波芝信十郎の豪剣がうなる！

獅子奮迅　天下御免の信十郎2

幡大介／将軍秀忠の「御免状」を懐に関ヶ原に向かう信十郎！

刀光剣影　天下御免の信十郎3

幡大介／山形五十七万石崩壊を企む伊達忍軍との壮絶な戦い

誇《ほこり》　毘沙侍《びしゃ》　降魔剣《ごうま》1

牧秀彦／浪人集団〝兜跋組《とばつ》〟の男たちが邪滅の豪剣を振るう！

憤怒の剣　目安番こって牛征史郎

早見俊／巨躯の快男児・花輪征史郎の胸のすくような大活躍！

誓いの酒　目安番こって牛征史郎2

早見俊／無外流免許皆伝の心優しき旗本次男坊・第2弾！

虚飾の舞　目安番こって牛征史郎3

早見俊／征史郎の剣と、兄・征一郎の頭脳が策謀を断つ！

雷剣の都　目安番こって牛征史郎4

早見俊／秘刀「鬼斬り静麻呂」が将軍呪殺の謀略を断つ！

暗闇坂　五城組裏三家秘帖

武田櫂太郎／怪死体に残る手がかり…若き剣士・彦四郎が奔る！

月下の剣客　五城組裏三家秘帖2

武田櫂太郎／伊達家仙台藩に、せまる新たな危機……！

## 逃がし屋 もぐら弦斎手控帳
楠木誠一郎／記憶を失い、長屋で手習いを教える弦斎だが…

## ふたり写楽 もぐら弦斎手控帳2
楠木誠一郎／写楽の浮世絵に隠された驚くべき秘密とは!?

## 刺客の海 もぐら弦斎手控帳3
楠木誠一郎／人足寄場に潜り込んだ弦斎を執拗に襲う刺客！

## 栄次郎江戸暦 浮世唄三味線侍
小杉健治／吉川英治賞作家が叙情豊かに描く読切連作長編

## 間合い 栄次郎江戸暦2
小杉健治／田宮流抜刀術の名手、栄次郎が巻き込まれる陰謀

## 見切り 栄次郎江戸暦3
小杉健治／栄次郎に放たれた刺客！誰がなぜ？ 第3弾

## 木《こ》の葉《は》侍 口入れ屋 人道楽帖《ひとどうらくちょう》
花家圭太郎／口入れ屋〝慶安堂〟の主人が助けた行倒れの侍は…

## 影法師 柳橋の弥平次捕物噺
藤井邦夫／奉行所の岡っ引、柳橋の弥平次の人情裁き！

## 祝い酒 柳橋の弥平次捕物噺2
藤井邦夫／柳橋の弥平次の情けの十手が闇を裂く！

## 宿無し 柳橋の弥平次捕物噺2
藤井邦夫／弥平次は入墨のある行き倒れの女を助けたが…

二見時代小説文庫

夏椿咲く　つなぎの時蔵覚書

松乃　藍／秋津藩の藩金不正疑惑に隠された意外な真相！

桜吹雪く剣　つなぎの時蔵覚書2

松乃　藍／元秋津藩藩士・時蔵。甦る二十一年前の悪夢とは…

日本橋物語　蜻蛉屋お瑛

森　真沙子／日本橋の美人女将が遭遇する六つの謎と事件

迷い蛍　日本橋物語2

森　真沙子／幼馴染みを救うべく美人女将の奔走が始まった

まどい花　日本橋物語3

森　真沙子／女と男のどうしようもない関係が事件を起こす

秘め事　日本橋物語4

森　真沙子／老女はなぜ掟をやぶり、お瑛に秘密を話したのか

二見時代小説文庫